12345 Family Story

친애하고
침해하는

12345 Family Story

친애하고 침해하는

발　행 | 2022년 9월 30일

글쓴이 | 이기영
그　림 | 구름이
디자인 | 요나

발행인 | 김수영
발행처 | 담다
교　열 | 김민지
출판사등록 | 제25100-2018-2호
주　소 | 대구광역시 달서구 조암로 38, 2층
메　일 | damdanuri@naver.com
문　의 | 010.4006.2645

ⓒ 이기영, 2022
ISBN 979-11-89784-23-2 (03810)

12345 Family Story

친애하고
침해하는

글·이기영   그림·구름이

담다

친애하되,
침해하지 말아야 할 나의 틈

딸깍 프롤로그 **거울을 보다**

겨울이 오면 어머니는 동네 트럭 아저씨에게 귤 한 상자를 샀다. 우리는 맛있는 귤보다 양이 많은 귤을 더 좋아했기에 상자를 받아 들면 먼저 수량부터 확인했다. 하지만 우리집 귤은 3일이면 동이 났고, 옆집 삼 남매네는 절반 가까이 남아 있었다.

'우리도 식구 수가 조금 적었더라면 아직 귤이 남아 있을 텐데….'

그 시절 슈퍼집 아들 다음으로 식구 수가 적은 집을 가장 부러워했다. 부모님은 오 남매를 하나하나 돌보기엔 경제적으로나 정서적으로 버거워하셨고, 그 안에서 우리는 구겨졌다 펴지기를 반복했다. 우리 안에는 항상 틈이 존재했다. 백색광이 프리즘을 통해 스펙트럼을 만들어 내듯 우리 또한 백색 틈을 통해 저마다 다른 색깔의 개개인으로 성장했다.

우리 가족을 간단히 소개하자면 이러하다.

예를 들어 '비트코인에 투자한다'고 가정할 때,

할아버지는 비트코인이 없는 시대에 사셨다.

할머니는 손으로 셀 수 있는 코인을 더 좋아하셨다.

아버지는 비트코인은 보이스 피싱보다 더 신뢰할 수 없다고 하신다.

어머니는 세제 이름으로 알고 계신다.

오 남매는 순서대로 1번, 2번, 3번, 4번, 5번으로 호칭한다.

1번 큰언니는 만나는 사람마다 붙들고 자신은 비트코인을 사서 하루 만에 몇 배의 수익이 올랐으며, 앞으로도 비트코인으로 대박을 낼 것이라고 부산을 떤다.

일주일 뒤, 비트코인에 관해 물어보면 한숨만 내쉰다.

2번 둘째 언니는 비트코인을 살까 말까 망설이며 투자 득실을 꼼꼼히 살핀다.

일주일 뒤, 비트코인에 5만 원을 투자한다.

3번 오빠는 처음에는 비트코인에 큰 관심을 가지고 1번의 가이드를 제일 먼저 따르는 듯하다가 복잡한 인증 절차를 마주하는 순간 금세 귀찮아한다.

일주일 뒤, 그의 휴대전화에는 비트코인 앱만 깔려 있다.

4번 나는 비트코인에 매달리는 시간이 아까워 애당초 관심을 두지 않는다.

일주일 뒤, 수익을 낸 1번을 은근히 부러워한다.

5번 남동생은 1번보다 더 많은 돈을 비트코인에 투자한다. 투자로 발생할 수익으로 뭘 살지도 벌써 정해 둔다.

일주일 뒤, 수익과 상관없이 명품을 사 온다.

우리는 언제나 소유보다 나눔이 먼저였다. 어릴 때는 '이.민.법'(이 집안에서 민주주의로 살아남는 법)이 만들어졌고 지금은 '이.부.클 모임'(이가 성을 가지거나, 이가 성을 가진 배우자를 둔 부인들의 클럽)을 통해 집안의 행사 및 크고 작은 분쟁을 줄여 가고 있다.

하지만 가끔 나눔이 불가능할 때가 있다. 그럴 때는 차라리 철저한 소유를 선택한다. 부모님 또한 그렇게 키우셨다. 명절 때때옷을 살 때 절대 같은 색깔이나 같은 디자인의 옷은 사 주지 않았으며, 양말 또한 한눈에 자기 색깔을 구분할 수 있었다. 그리고 주인의 허락 없이는 누구도 함부로 물건에 손대지 않았다. 공식적으로 허락된 건 오로지 물려 입은 옷뿐이었다.

친애하되, 침해하지 말아야 할 나의 틈.
쉽게 지나쳤던 최대한의 틈 안에서 최소한의 희노애락을 담아 보았다.

가족을 친밀히 사랑한다고 표현하는 것과 틈 안에서 선을 지키며 살아가는 것은 결코 쉬운 일이 아니었다. 표현하기에 오글거릴 만큼 서로의 장점보다 결점을 보는 데 익숙해져 있었으며, 무례함이 오히려 더 인간적이었다. 아침에 저질렀던 실수가 운 좋으면 저녁에 사라지기도 하지만 몇 날 며칠 이어지는 게 다반사였다. 때론 남보다도 못한 행동에 남보다 더 날을 세워 거리를 두기도 했으며, 넘지 말아야 할 미묘한 선을 침해하면서 큰 틈이 만들어지기도 했다. 점점 무소식이 희소식이 되어 가고 아주 불편했던 진실들이 주변에 널브러져 있음에도 이 틈을 친애하고 침해한다.

2022년 가을,
기억의 잔상을 또 붙잡아 두다.
기억으로 기록을 디자인하다.
기록디자이너 이기영

Chapter 3
혈해도 되는 가족

Chapter4
우리는 언제쯤 그대들의 자랑이 될까요?

Chapter5
침해하는 나의 틈

Chapter 1
친애하는 나의 틈

틈1

1번은 우리 집안의 장녀로, 유행에 민감하며 가족에게 돈을 아끼지 않는 편이었다. 이런 1번 덕분에 누구보다도 문명의 혜택을 빨리 접했다고 해도 과언이 아니다. 우리는 매달 한두 번씩 눈치 싸움을 해 가며 사다리 타기를 했다. 바로 치킨을 시켜 먹기 위해서다. 하지만 1번이 사회생활을 시작하면서 월급날마다 우리나라 토종 치킨이 아닌 미국 치킨 KFC를 사 왔다. 우리 가족의 치킨 판도는 거기서부터 바뀌었으며, 사다리 타기도 그때 종식되었다.

어려운 가정 형편으로 인해 1번은 대학에 바로 진학하지 못했다. 병원 행정실에 취직한 그녀의 첫 월급은 20만 원이었다. 하지만 그 월급으로 많은 것을 해 주었다. 1번이 가져오는 것은 모두 신기했다. 여름이면 빙수 기계와 재료들로 수제 빙수를 만들어 주었는데, 그때 5번이 중간중간 젤리만 집어 먹어 구박을 받기도 했다. 또 자동차를 장만해 유명한 식당이나 패밀리 레스토랑에 데려가 주었다. 1번의 월급날이 되면 일부러 집에 일찍 들어오곤 했는데, 그때마다 동네 갈빗집에서 저녁을 사 주었다. 1번은 당시 어머니가 해 줄 수 없었던 고로케나 오므라이스 같은 세련된 요리를 도시락 반찬으로 해 주었고, 요리책을 사서 돈가스와 감자튀김을 직접 만들어 주기도 했다. 또 명절이면 우리에게 용돈도 가장 많이 주었다.

작년에 쉰을 넘긴 1번은 진짜 갱년기인지, 아니면 원래 성격이 갱년기인지 알 수 없을 정도로 극과 극을 달린다.

어릴 때 고구마 맛탕을 해 주겠다며 물기 흥건한 고구마를 펄펄 끓는 기름에 집어넣었다가 얼굴에 기름이 튀어 큰일을 치를 뻔한 적이 있다. 다행히 그날은 의대생들이 동네 의료봉사를 온 날이라 빠른 응급 처치로 맛탕으로 인한 흉터는 생기지 않았다. 다만 기억만 생생할 뿐이다. 이런 1번은 지금 한우 전문점을 아주 안전하게 운영하고 있다.

하지만 코로나19 직격탄을 제대로 맞으면서, 고심 끝에 배달 서비스를 도입했다. 다른 가게에서는 잘도 울리는 배달 서비스 알림이 유독 자기 가게에서만 울리지 않았다. 기계 고장을 의심한 그녀는 가족 단톡방에 자기 가게에서 음식을 주문해 달라고 부탁했다. 제일 먼저 4번이 육회 비빔밥 두 개를 주문했다.

"배달의민족 주문!"

텅 빈 가게를 쩌렁쩌렁 울리는 배달 서비스 알림은 결코 기계 고장이 아니었음을 증명해 주었다.

"배달의민족 주문! 배달의민족 주문!"

그날 이후 낯선 이들의 주문도 뜨문뜨문 들어오기 시작했다.

"배달의민족 주문!"

이 소리가 울릴 때마다 1번은 몸이 먼저 반응하는 축지법(지맥을 축소해 먼 거리를 가깝게 가는 법)으로 가게를 뛰어다니며 말했다.

"요즘 나는 너희 형부가 '사랑해'라고 말해 주는 것보다 '배달의민족 주문!', 이 소리가 더 듣기 좋더라~"

1번은 하루에 수십 번을 들어도 절대 질리지 않는 배달 서비스 알림에 빠져들었다.

"언니, 요즘 주문이 아주 많나 봐?"
"그럼~ 4번! 너는 앞으로 저축 같은 거 하지 말고 그냥 막 쓰면서 살아. 언니가 이대로만 가면 곧 부자 될 것 같으니까. 넌 그냥 이 언니가 주는 용돈이나 받으며 살아."

또 다른 극
코로나19가 절정에 이르면서 안타깝게도 1번은 4번에게 단 한 푼의 용돈도 주지 못했다. 설상가상으로 가게마저 조용했다. 손님이라고는 달랑 4번 부부가 전부였다. 한마디로 손님보다 직원이 더 많은 가게가 되어 버렸다. 눈치껏 주문하고 분위기를 살피던 4번의 남편이 물었다.

"오늘은 또 손님이 뜸하네요?"

모든 고초를 해탈한 듯 1번이 차분하게 말했다.

"요즘 우리 가게는 한우 식당이 아니라, 한우절이야. 깊은 산중에 있는 절간보다 더 조용해. 온 김에 기도도 하고 편히 쉬다 가."

잠시 깊은 한숨을 내쉬더니 곧바로 말똥말똥한 눈빛으로 물었다.

"혹시 너희들 돈 좀 있냐?"

틈 2

2번은 이 집안에서 가장 재치 있는 약방의 감초 같은 존재다. 똑똑하며, 기발한 스토리가 풍성해 4번이 책을 집필하는 데 많은 동기를 부여해 주었다.

어릴 때 1번은 동생들에게 뭔가를 양보할 때마다 혼자 하지 않고 항상 2번을 끌어들였다. 양보할 의사가 전혀 없었던 2번은 마지못해 그 길에 동반해야 했다.

장녀 1번과 장남 3번 사이에서 늘 치이며 살았던 2번은 자신만의 생존 법칙으로 둘째의 설움을 극복해 나갔다. 무조건 아껴 먹기, 아껴 쓰기, 그리고 자신의 것 지키기다. 올해 쉰이 된 그녀는 지금까지 살아오면서 가장 힘든 일은 '자식을 키우는 일'이라고 했다. 하지만 2번의 자식들은 우리 집 안에서 가장 무난하다.

앞서 말한 대로 2번은 자신의 것을 빼앗기지 않고 지키려 다 보니 물건에 집착할 수밖에 없었다. 한번은 좋아하는 케이크를 선물 받은 적이 있었다. 평상시에는 자기 몫을 따로 떼어 보관해 두는 편이었으나 그 케이크는 아이들도 좋아하지 않는 편이라 식탁 위에 올려놓고 출근했다. 퇴근 후 따뜻한 차 한잔과 달달한 케이크로 고된 하루의 스트레스를 날리길 꿈꾸며 집으로 왔다. 그런데 식탁 위의 케이크는 온데간데없고 다 먹고 남은 접시만 설거지통에 담겨 있었다. 범인은 바로 23년 차 동거인, 곧 그녀의 남편이었다. 2번은 그제야 남편의 존재를 인지했다.

"그래! 나에게도 남편이 있었지, 참!"

2번은 우리 중 가장 먼저 어른이 되었다. 가장 먼저 결혼했고, 아이도 낳고, 어른들을 모셨다. 직선적인 말투와 성격으로 세게 보이지만, 눈물도 많고 여리다. 슬하에 아들만 둘이라 노후에 딸이 없으면 외로울 걸 대비해 '무.딸.계'(딸이 없는 엄마들의 계 모임) 가입을 고려 중이다. 손끝이 야무지고 꼼꼼해 어릴 때 4번의 머리를 매일 예쁘게 빗겨 주었다. 만약 그녀에게 딸이 있었다면 웬만한 미용사의 솜씨를 뛰어넘는 머리 스타일을 하고 다녔을 것이다. 2번은 그림도 잘 그렸고, 학교에 전시될 만큼 시도 잘 썼다. 문제는 이 사실을 아는 사람이 많지 않다는 게 안타까울 뿐이다.

2번이 가장 싫어하는 것은 단연 물건을 잃어버리는 것이다. 몇 년 전 동네 뒷산을 함께 오른 적이 있는데, 하산하는 길에 둘째 아들이 그만 장갑 한 짝을 잃어버렸다. 그녀는 결국 내려온 길을 다시 올라가 그 장갑을 되찾아 왔다. 그리고 2번이 싫어하는 것이 하나 더 있다. 바로 4번과 닮았다거나 1번보다 뚱뚱해 보인다는 말이다. 딸 셋 중 자신의 미모가 중간쯤 된다고 항상 자부하고 있기 때문이다.

그녀는 또 이 집안의 유일한 의료진이며, 각종 의료 자문을 할 때 제일 먼저 찾는 인물이다. 한번은 4번의 남편이 고혈압으로 의사와 상담한 적이 있다.

"선생님, 우리 작은 처형이 간호사인데 혈압약은 한 번 먹기 시작하면 평생 먹어야 한다고 하더라고요…."

"아니, 처형이 도대체 얼마나 능력 있는 간호사길래 저 같은 의사 말보다 더 신뢰하십니까?"

2번은 이런 존재다. 철저한 계산 능력과 꼼꼼함이 더해져 집안 대소사의 회계를 담당하고 있으며, 누군가 계비를 연체하면 단 한 번의 독촉 전화로 입금 처리한다. 그리고 가끔 대쪽 같은 아버지와 대차게 맞붙기도 해 우리의 답답한 속을 시원하게 뚫어 주기도 한다. 아버지 또한 결코 부정할 수 없는 자신의 DNA를 발견했는지, 아니면 자식 이기는 부모 없다는 말이 맞아서인지 2번을 가장 두려워한다. 그런데 아이러니하게도 그런 그녀와 아버지는 정치색이 똑같다.

요즘 검소했던 2번에게 약간의 변화가 생기고 있다. 새 자동차를 구매하면서 남들보다 두 배로 따지며 고민하는 듯했다. 그런데 의외로 사고 싶은 자동차 목록에 벤츠가 들어 있었다. 우리는 그녀가 벤츠는 절대 사지 않을 거라고 예상했다. 하지만 며칠 뒤 그녀는 벤츠를 몰고 나타나 키를 흔들며 한마디 던졌다.

"벤츠는 나중에 다리 떨릴 때 사는 게 아니라, 지금처럼 심장이 떨릴 때 사야 해."

Dear our Hero

L . M . Y

틈3

　"아버님, 웅이 너무 귀엽습니다. 정말이지 제가 아들 삼고 싶을 정도입니다."

　3번의 둘째 아들은 배드민턴 선수다. 얼마 전 새로운 여자 코치로부터 아들에 대한 최고의 칭찬을 들었다. 하지만 3번은 아들에 대한 칭찬을 남다르게 해석하고 있었다.

　"우리 웅이를 아들로 삼고 싶다는 뜻이 뭐겠어? 그건 바로 나와 결혼하고 싶다는 뜻 아니겠어? 내가 아직도 이렇게 인기가 많다."

요즘 3번이 어떤 거울을 보며, 어떤 사람을 만나고 다니는지 진심으로 궁금해지는 순간이 아닐 수 없다.

3번은 집안의 장남으로서 안팎으로 그의 존재가 컸으며, 경제적 혜택도 가장 많이 받았다. 가끔 방문하는 친척들이 주는 세뱃돈과 용돈 그리고 부모님으로부터 받은 지원 등이 있었다. 하지만 세상에 공짜가 어디 있던가? 3번은 지금 값없이 받은 이 모든 것에 값을 치르는 중이다. 문중의 대소사와 부모님이 편찮으실 때 제일 먼저 발 벗고 나선다. '저 정도 값을 치러야 한다면 아예 아무것도 안 받고 안 하기를 선택하겠다'라는 말이 나올 정도의 일을 그는 아주 묵묵히 해 나가고 있다. 그중에서도 가장 큰 고충은 성격 급한 아버지와 장시간 같이 일해야 한다는 것이다. 소도 키우고 농사일까지 하는 3번의 성격은 화를 잘 내지 않으며 매사 긍정적이다.

4번이 대학생일 때 카페에서 친구들과 놀고 있는데 뒷좌석에서 귀에 익은 목소리가 나긋나긋하게 들려왔다. 혹시나 하는 마음에 뒤를 돌아보니 3번이 소개팅을 하고 있었다. 4번은 슬쩍 상대를 본 후 3번의 표정을 보니 좋아 보였다. 얼른 3번을 위해 자리를 피해 줘야 할 것 같아 자리를 털고 일어났다. 대신 친구들과 함께 마신 커피값 계산서를 3번 테이블에 살짝 올려놓으며 '파이팅!'을 외치고 나왔다.

흔한 남매라면 그날 저녁 날벼락이 떨어졌을 법도 하지만, 그는 일절 화를 내지 않았다. 그런 태도에 4번의 친구들은 그를 아주 좋아했다. 하지만 그때도 3번의 남다른 해석이 있었다. 본인이 잘생겨서 인기가 높은 줄 알고 있었다. 3번은 이성을 보는 눈 또한 높았다. 그래서 새언니도 아주 예쁘다. 하지만 1번, 2번, 4번은 그가 눈이 저만큼 높아진 것은 바로 자신들의 미모 덕분이라고 생각한다.

"3번이 예쁜 우리랑 같이 살았으니 단연 여자 보는 눈이 높지 않겠어?"

작년에 있었던 일이다.

감자 농사를 지은 3번이 풍년을 맞았다. 감자가 아주 굵고 실해 가격을 적어도 재작년의 두 배는 받을 수 있을 것 같아 그날 온종일 기분이 좋았다. 하지만 아버지가 개입하는 순간 모든 판도가 바뀌었다. 농사를 지어 본 적 없는 아버지가 무리한 훈수를 두기 시작했다. 감자를 한꺼번에 다 캐 버렸고, 6월의 뜨거운 햇빛 아래 장시간 노출된 감자는 더위에 못 이겨 파랗게 익어 버렸다. 결국, 감자는 작년의 절반에도 못 미치는 가격으로 곤두박질쳤다. 수천만 원이나 되는 손실이 몇 시간 안에 벌어졌고 이 소식을 접한 가족들은 안타까움에 어찌할 바를 몰랐다. 새벽부터 나가 밭일을 하느라 검게 탄 3번을 생각하니 더더욱 마음이 아팠다. 하지만 긍정적인 3번은 아쉬움도 잠시, 이렇게 너스레를 떨었다.

"이 일을 계기로 다시는 아버지가 농사일에 관여하지 않을 거니까…. 이걸로 퉁쳤다고 생각하니 오히려 마음이 편해."

3번은 이 집안에 꼭 필요한 존재이며, 잘한 일에도 생색내지 않는다. 있는 그대로를 받아들이고 자신이 할 수 있는 모든 일을 먼저 처리한 뒤 내색은 늘 태연하다. 이것저것 계산적으로 따지지도 않으며, 이름을 닮아 정이 아주 많다.

Dear handsome man

L .J

틈 4

4번은 말 그대로 이 집안의 네 번째 자녀로, 장남인 3번 다음에 태어났다. 아들을 하나 더 원했던 부모님은 계획하에 4번을 임신했다. 하지만 바람과 달리 4번은 아들이 아닌 딸이었다. 4번이 태어난 날, 어머니는 많이 우셨다. 그렇게 눈치 없이 세상 빛을 보게 된 그녀는 남들보다 빨리 기고 걸었으며, 말도 빨리 배우는 등 비교적 눈치 있게 성장했다. 1번과 2번의 옷을 오지게 물려 입던 어린 시절에도 불구하고, 20~30대에는 '패션 리더, 대명동 뉴요커'라는 별명까지 얻게 되었다.

4번은 어린 시절부터 그림을 잘 그리고 싶어 했다. 하지만 재능은 그녀에게 단 한 번도 닿은 적이 없었다. 오히려 늘 쓰라린 현실을 마주할 뿐이었다. 초등학교 때 어머니를 졸라 거금을 들여 산 48색 크레파스도 색칠 한 번 제대로 못해 보고 데생만 하다가 끝났다. 어쩌다 한 번 반짝 그녀에게 희망을 심어 준 일이 있었다. 교내 사생대회에서 정물화로 최우수상을 받은 것이다. 사생대회 때 주변을 돌아보니 다른 아이들은 가로로 스케치북을 놓고 정물을 똑같이 그리고 있었다. 하지만 그녀는 스케치북의 방향을 세로로 돌려 다른 각도의 정물화를 그렸다. 그때 이후 4번은 그림에 자신감이 생겼지만, 그 자신감마저 허락하지 않는 사건이 일어났다. 고등학교 미술 시간에 줄리앙 데생을 하는데 그녀는 줄리앙의 특징인 곱슬머리와 큼지막한 눈, 코, 입을 아주 제대로 살리고 싶었다. 그래서 최선을 다해 그렸다. 그러나 그녀의 그림을 유심히 살펴보시던 미술 선생님이 치명적인 한마디를 하셨다.

　　"누가 나훈아를 그려 왔어!"

　　그 순간 늦가을에 누군가에게 무심히 밟힌 낙엽 마냥, 그녀의 꿈은 바스락 부서지고 말았다. 그래서 4번은 그림 대신 글을 선택했다. 물론 이쪽도 큰 재능은 없지만, 최소한 한 번도 제대로 써 보지 못한 48색 크레파스가 되고 싶지는 않았다.

4번의 성격은 온순한 듯하지만 이름처럼 이기적일 때가 많았으며, 공짜를 비롯해 당연히 여기는 모든 것을 경계했다. 이 집안에서 4번은 여기저기 불려 다녔다. 가끔 1번의 가게에서 아르바이트를 했고, 3번 아들의 과외 선생이기도 했고, 5번 아이들의 보모이기도 했다. 일도 바쁜데 4번을 찾는 이가 많아 이씨 성을 가진 사람들의 연락을 거절한다고 공지할 때도 있었다. 그럴 때마다 올케들이 전화해서 하는 첫 마디는 이랬다.

"나는 이씨 성 아니니까 전화해도 되지?"

4번에게 가족이라는 존재는 여행지에서 사 온 기념품과 같다. 늘 있던 곳에 있어서 익숙하지만, 자세히 보면 아주 특별하고 낯설다.

4 번

Jullien

drawing

easel ?

Fashion

I love coffee

crayon

Dear Artist Girl

L.G.Y

틈 5

"5번 괜찮아?"

"아니! 하나도 안 괜찮아. 일하는 내내 자꾸 눈물이 나서
죽을 뻔했어. 정말 미쳐 버리겠어. 모든 이별 노래도 내 마음
처럼 들려…."

"으이구~ 이런 미친!"

'내 남자 친구가 하면 로맨티시스트지만 동생이 하면 미
친놈'이 되는 게 가족이다. 오랫동안 5번을 지켜보면서 가장
의외라고 느끼는 점은 바로 순정파라는 사실이다. 지금의
올케와 연애하던 중 헤어진 적이 있다. 하루 이틀은 홀가분
하니 날아다닐 것 같다더니 곧바로 저렇게 추락해 버렸다.

결국, 5번은 10년 연애 끝에 올케와 결혼했다. 지금까지 24년을 연애하듯 살아가는 그는 지금도 자녀보다 올케를 더 사랑한다. 또 가끔 초등학생 큰딸과 유치원생 작은딸을 상대로 아주 유치하게 싸우는 그의 모습은 아빠라기보다 초등학생 오빠에 가깝다.

5번에게는 몇 가지 굵직굵직한 사건이 있었다.

어느 때와 다름없는 여름날, 우리는 전깃줄 위의 참새처럼 쪼르르 대청마루에 걸터앉아 수박을 먹고 있었다. 잘라 놓은 수박이 금방 동이 나자 1번은 5번에게 창고에서 수박을 하나 꺼내오라고 했다. 그는 창고에서 커다랗고 잘 익은 수박을 가져와 마루 위에 올려놓았다. 그러고는 다시 창고로 가더니 조그맣고 맛없게 생긴 수박 한 통을 더 가지고 왔다. 모두 일제히 손사래 치며 그에게 말했다.

"우리는 안 먹어! 그 수박 자를 거면 혼자서 다 먹어!"
"그래! 나 혼자 다 먹으면 되지!"

살짝 삐친 그는 칼과 수박을 가지고 구석으로 가더니 잠시 후 자른 수박과 함께 피투성이가 된 다리를 이끌고 돌아왔다. 가랑이 사이에 수박을 고정하고 자르다가 칼끝이 그의 다리를 향한 것이다. 그날 병원에서 열 바늘 넘게 꿰매고 돌아왔다. 의사는 얌전히 다니라며 여러 차례 주의를 주었다. 그럼에도 5번은 다음 날 학교 체육 시간에 멀리 뛰기를 했고, 그만 실밥이 터져 피투성이가 된 채 집으로 돌아왔다.

집안의 막내인 5번은 항상 모두가 돌봐야 하는 성가신 존재로 남아 있었다. 그러던 어느 날 5번이 큰 수술을 하면서 몇 주 동안 집을 떠나 있었는데, 그때 온 집안이 얼마나 허전했는지 모른다. 먼지를 가득 실은 버스가 동네 어귀에 들어서고, 온 가족이 그토록 기다리던 5번이 흰 타이츠에 남색 반바지 차림으로 아버지와 내렸다. 그를 보자 4번은 반가운 마음에 그를 와락 끌어안고 자리를 빙빙 돌았다. 이렇게 반길 줄 몰랐던 그는 갑자기 비명을 지르며 울기 시작했다. 옆에서 놀란 어머니가 4번을 그에게서 떼어 놓았다. 4번이 안으면서 5번의 수술 부위를 누른 것이었다. 어머니가 다급히 그의 윗옷을 걷어 거즈로 덮고 있던 수술 부위를 확인하고는 안도의 숨을 내쉬었다. 우리는 모두 '5번이 그 수술을 받는 동안 얼마나 아팠을까?'를 생각하며 숙연해졌다.

스무 살이 된 5번은 공부보다는 사회성 좋은 아이로 성장하면서 부모님 몰래 클럽에서 아르바이트를 했다. 하지만 오래가지 못하고 금방 들키고 말았다. 신년이 되면 신수를 보러 다니는 어머니가 점쟁이에게 오 남매의 사주를 넣었다. 대학생이 된 막내가 아르바이트까지 한다는 소식에 내심 기특해하던 어머니는 점쟁이의 한마디에 신년을 망쳐 버렸다.

"요것 봐라! 공부는 안 하고 쟁반 들고 왔다 갔다 바쁘네?"

머리가 이미 굵어질 대로 굵어진 5번은 어머니의 꾸지람에도 전혀 굴하지 않고 아르바이트를 강행했다. 아르바이트 도중 속이 좋지 않았던 5번은 방귀가 자꾸 나와서 처음에는 눈치껏 살짝 뀌어 보았다. 클럽 안을 울리는 음악에 방귀 소리가 묻힌다는 것을 안 뒤로는 일하는 내내 뿡뿡거리며 모든 클럽을 누비고 다녔다. 나중에는 그 일을 넉살 좋게 어머니에게 털어놓았다.

"엄마, 나 여태까지 살면서 방귀를 그렇게 시원하게 뀌어 본 적이 없어! 이 일이 진짜 나한테 잘 맞는다니까?"

이 집안에서 '막내'라는 틀에 갇혀 버린 5번은 동생이라는 존재로 성장해야만 했다. 하지만 이 틈 밖에서는 그도 성실한 직장인이며, 막중한 책임감이 있는 가장이다. 팔에 난 몽고점까지 똑 닮은 첫째 딸과 개구쟁이 같은 얼굴이 판박이인 둘째 딸이 "아빠~!"라고 부르며 달려온다. 그러면 5번은 세상을 다 가진 미소로 돌아본다. 그럴 때 보면 5번도 이제 완전한 어른이 되었다.

Chapter 2
그대들은 우리의 자랑이었습니다

할아버지의 미소를 담다

할아버지에 대한 기억은 단 세 토막뿐이다.

첫 번째 토막

여름이었다. 대청마루에 큰 이불이 널려 있고, 마루 안쪽
에는 이불 차양으로 그늘이 졌다. 우리만의 비밀 기지가 생
기면서 3번은 4번에게 미숫가루를 타 주기로 했다. 숟가락
가득 소복하게 미숫가루를 떠서 양은 대접에 넣더니, 물을
가지러 가야 한다며 대청마루를 내려갔다. 얼음 동동 띄운
미숫가루가 빨리 먹고 싶은 4번은 3번의 뒤통수에 대고 보채
기 시작했다.

"빨리~~ 빨리~~~ 빨리 가지고 와~!"

부엌에서 물을 가져온 3번은 미숫가루를 숟가락으로 휘 휘 저으며 녹이더니 이번에는 설탕을 가지러 다시 대청마루 를 내려갔다. 4번은 더는 그 틈을 참지 못하고 미숫가루를 크게 떠 입안에 털어 넣었다. 입안에서 설탕처럼 사르르 녹 아 없어질 줄 알았던 미숫가루는 입안 곳곳에 엉겨 붙어 숨 쉬기조차 힘들었다. 사레들린 사람처럼 온갖 기침을 해 대 다가 결국 울음을 터뜨렸다. 그때 사랑채에서 큰 목소리가 들려왔다. 할아버지였다.

"4번이 왜 우노?"
"미숫가루를 가루째 삼켜서 그래요."

두 번째 토막
할아버지는 언제나 사랑채에서 책을 읽거나 누워 계셨다. 집안 장손인 3번을 가장 아끼셨고, 3번 또한 할아버지를 많 이 따랐다. 어머니를 통해 편찮으신 할아버지에게 구기자가 좋다는 말을 전해 들은 3번은 4번에게도 알려 줬다. 그리고 는 매일 우물 옆에 있는 구기자 열매를 땄다.

"빨간 것만 따야 해. 그게 약이 된대."

가끔 3번이 집에 없을 때는 4번 혼자 구기자를 따다가 할아버지께 갖다 드렸다. 분명 딸 때는 두 손 가득했으나 사랑채 마루를 오를 때 한 움큼 떨어뜨리고, 문턱을 넘을 때 또 한 움큼 떨어뜨려 막상 할아버지 앞에 가면 남은 건 네다섯 알 뿐이었다. 잠시 쌕쌕거리던 손녀는 숨소리를 죽이며 할아버지 손에 구기자를 떨어트렸다. 할아버지는 손바닥을 오므리면서 생긴 주름 사이로 구기자를 받아냈다. 그러고는 금세 사라진 열매의 행방을 "음~ 정말 달다!"라고 알려 주면서 엉덩이를 토닥토닥 두드려 주셨다.

그리고 마지막 토막
겨울이 되자 할아버지는 사랑채에 계속 누워 계셨다. 그리고 그 옆에서 아버지가 할아버지를 간절히 부르며 울고 계셨다.

"아버지!"
"아버지…."

할아버지가 돌아가셨다.

할아버지도 정말 달아서 드신 건 아니었다.
위안 투병 중이셨던 할아버지에게 구기자는 약이었다.

할머니의 계절을 담다

남자 친구와의 이별로 힘들어하는 1번에게 말씀하셨다.

"사랑은 솔방울 같은 거야. 바람이 불어서 툭 떨어지면 그만이야."

그대의 이른 겨울

할머니는 우리에게 제2의 부모님과 같은 존재였다. 1번이 중학교 때 학교 창문을 깨고 돌아왔다. 당장 학교에 유리값을 가져가야 하는데 어머니는 호되게 혼만 냈다. 서럽게 울고 있던 1번에게 할머니는 허리춤에 차고 있던 복주머니에서 2,000원을 꺼내 손에 쥐여 주면서 얼른 학교에 가라고 토닥여 주셨다.

가끔 3번이 부모님에게 혼날 때마다 든든한 방어벽이 되어 주셨으며, 부모님의 싸움에도 중재자가 되어 주셨다. 시간이 흘러 오 남매가 도시에서 유학할 때는 나물을 팔아 번 돈으로 도시락 반찬을 만들어 주셨다. 한번은 번데기를 볶아 도시락에 넣어 준 적이 있었다. 그날 5번의 친구들 사이에서 번데기 반찬이 히트를 쳤다. 그래서 5번은 번데기만 보면 할머니 생각이 난다고 했다.

그대의 이른 봄

시장에 갈 때면 바닥에 화려한 보자기를 펼쳐 놓고 흙 묻은 나물을 다듬고 계신 할머니들을 본다.

"할머니, 이거 얼마예요?"

이 한마디에 앉은 자리에서 일어나는 속도가 젊은 사람 못지않게 빠르다. 환한 미소에 셈은 어찌나 정확한지, 분명 우리 할머니도 그랬을 것이다.

얼어붙은 냉기를 뚫고 억척스럽게 자란 봄나물이 구순을 채우고 가신 할머니를 닮았다. 요양원에서 오랫동안 근무한 2번이 이런 말을 한 적이 있다.

"치매에 걸린 환자들은 자신의 전직을 알 수 있는 행동을 자주 하곤 해."

우리 할머니 또한 예외일 순 없었다. 가족들이 병문안으로 가져온 빵과 우유를 다시 보자기에 싸서 병실 문 앞에 나와 팔곤 하셨다.

할머니의 흙 묻은 몸뻬 바지와 소쿠리에 담긴 냉이와 달래가 우리에게 가장 먼저 봄을 알렸다. 할머니는 일찌감치 저녁상을 물리고는 방 한구석에 자리를 잡고 나물을 다듬기 시작하셨다. 그날의 나물 다듬기는 드라마가 끝날 때까지 이어졌고, 평소 9시 뉴스를 다 못 보고 주무시던 할머니가 신기할 정도로 집중력을 보이셨다. 하지만 할머니와 함께 방을 쓰던 오 남매 중 4번이 유독 예민하게 굴었다.

"할머니! 불빛 때문에 잠을 못 자겠어!"

할머니는 그런 손녀의 까칠한 행동마저 달래며 말씀하셨다.

"이제 다 됐다. 이것만 하면 다 끝난다."

이 말을 철석같이 믿은 4번은 얼른 불이 꺼지길 기다리며 수를 세기 시작했다. 수는 마지막 끝점에서 계속 느리게 느리게 반복하는데 상황은 변함이 없었다. 화가 난 4번은 인내심의 바닥을 찍고 일어나 전등 스위치를 꺼 버렸다.

"어이구~ 이놈의 가시나가 다 됐다는데도 그러네…."

당황한 할머니는 자리에서 일어나 전등 스위치 대신 화면이 나오지 않는 TV를 켰다(케이블이 존재하지 않았던 1990년대 TV는 12시가 되면 모든 프로그램이 끝나고 화면 조정으로 바뀌었다). 파란빛과 회색빛 화면에 의지한 채 할머니의 나물 다듬기는 계속되었고, 이마저도 용납 못 하는 4번은 중간중간 또 짜증을 냈다. 결국, 할머니도 TV를 끄고 잠자리에 드셨다.

쓱, 쓱, 쓱.
똑, 똑, 똑.
다음 날 새벽, 나물의 큰 뿌리를 칼로 쓱쓱 문질러 흙을 거둬낸 뒤 잔뿌리를 똑똑 끊어내는 소리가 다시 들렸다.

"할머니, 제발 잠 좀 자!"
"뭐라카노? 얼른 서둘러서 첫차 타야 하는구먼…."

할머니의 목소리는 완강했지만, 나물 다듬는 소리는 조금씩 잦아들었다. 그리고 봄나물이 잔가지와 흙을 털어내고 말끔해지듯 할머니도 단장하기 시작했다. 몸뻬 바지에 또 다른 몸뻬를 겹겹이 껴입고 위에는 고모가 사다 준 세련된 스웨터를 걸치셨다. 얼굴에 하얗게 분칠을 하고, 동백기름 을 묻힌 참빗으로 머리를 곱게 빗어 은비녀로 고정했다. 비 록 나물 팔러 가는 길이지만 도시로 가는 것이니 신경을 쓰 시는 듯 보였다. 부엌으로 가 물기 묻은 양은 도시락을 탈탈 털어내고 밥을 꾹꾹 눌러 담고는 달걀프라이 하나 얹은 후 뚜껑을 닫았다. 오 남매가 쓰던 낡은 보온병에 보리차를 담 아 보자기에 함께 쌌다. 그렇게 첫차를 타고 가신 할머니는 막차를 타고 돌아왔고, 여전히 손에는 보자기가 들려 있었 다. 그 안에는 나물 대신 바나나, 귤, 사탕 등 간식이 가득 들 어 있었다.

"할머니! 오늘도 나물 다 팔았어?"

할머니는 양은 도시락 보자기를 무심히 마루에 내려놓으 며 대답 대신 바지춤에 차고 있는 복주머니에서 500원짜리 를 하나씩 꺼내 용돈으로 주셨다. 전날 밤 할머니를 방해했 던 4번이 뻔뻔하게 손을 내밀자 살짝 눈만 흘기시고는 알밤 과 함께 500원을 주셨다. 4번은 알밤을 맞고도 500원에 헤벌 쭉 웃고만 있었다.

"으이그~~!"

"헤헤헤, 500원이다!"

할머니는 우리에게 항상 따뜻한 봄날이었다.

그대의 이른 여름

할머니는 정정하셨다. 팔순이 넘은 나이에도 감나무 위에 올라가 긴 장대로 감을 따셨다. 그런 할머니가 앓아누운 일이 있었다. 늘 몸에 지니던 복주머니를 잃어버렸을 때였다. 매일같이 허리춤에 차고 다니던 긴 비단 끈으로 이어진 복주머니는 할머니가 시집올 때부터 가지고 계셨다. 몸종을 데리고 시집올 정도로 부잣집 규수였던 할머니에게 비단 복주머니는 다방면으로 의미 있는 물건이었을 것이다.

할머니는 목욕할 때마다 복주머니를 풀어 놓았는데 어느 날 감쪽같이 사라져 버렸다. 온 집을 샅샅이 뒤지고 난 뒤 혹시나 하는 마음으로 할머니는 일터인 잔디밭으로 향하셨다. 잔디밭은 집에서 수 킬로미터 떨어져 있었으며, 1만 평이 넘는 규모였다. 그날 할머니는 땅거미가 질 때쯤 돌아와서는 식사도 하지 않고 바로 누우셨다. 할머니의 기억에서 복주머니의 존재가 희미해질 때쯤 기력을 회복하셨다.

다음 해 초여름이었다. 사랑채 앞에 높이가 5~6미터쯤 되는 버드나무 한 그루가 있었다. 그날은 버드나무가 벌목꾼들에게 팔려 가는 날이었다. 장정 셋이서 전기톱으로 나무를 자르기 시작했고, 반쯤 잘린 나무가 한쪽으로 점점 기울더니 바닥으로 쓰러졌다. 그때 나무 꼭대기에서 뭔가가 떨어져 나왔다.

"툭!"

가장 먼저 바닥에 모습을 드러낸 건 나뭇가지 사이에 있던 큰 까치집이었다. 엄청난 충격에도 끄떡없던 둥지를 본 동네 아이들이 신기한 듯 우르르 몰려들었다. 그때 옆으로 누운 시커먼 둥지 안에서 영롱한 자색 빛이 났다. 모두 숨죽인 채 멀뚱멀뚱 바라볼 때 뒤에 있던 벌목꾼이 거침없이 둥지 안으로 손을 집어넣더니 자색 천을 세게 잡아당겼다. 손에 들려 나온 것은 바로 할머니의 비단 복주머니였다. 붉은색이었던 복주머니가 비록 자색으로 바래져 있었지만, 매듭은 그대로였다. 그리고 또 둥지 안에는 만 원짜리 지폐도 한 장 있었다. 할머니는 그 복주머니를 가슴에 안고는 벌목꾼에게 90도로 꾸벅꾸벅 절을 했다.

할머니는 복주머니를 세탁하기 위해 안에 든 돈을 꺼냈다.

"할머니, 돈은 그대로 다 있어?"
"돈은 하나도 없어도 돼. 이것만 있으면 돼."

아버지를 닮다

　아버지는 쉽게 범접할 수 없는 아우라의 소유자다.

　여름에는 꽃 남방에 흰 슈트를 걸치고, 패도라(중절모)로 마무리하는 멋쟁이시다. 덕분에 아버지 주변에 여사님들도 좀 있었다. 술, 담배를 하지 않는 B형 남자로 입맛도 까다롭고 비위 맞추기도 쉽지 않다. 집안의 대소사로 친척들이 다 모일 때는 아버지 목소리가 가장 컸으며, 조용한 날이 단 한 번도 없었다. 자신의 기준과 잣대가 항상 옳음을 강조하는 아버지는 언변도 뛰어나다. 팔순이 넘은 지금, 어머니에게 매일 '어디 가냐?'라고 용감하게 묻는 간 큰 남편이다.

아버지는 언제나 자식에게 최선을 다하셨다. 쪼들리는 가정 형편에도 불구하고 남다른 모습이 있었다. 우리 집은 시골에 있었지만 유일하게 농사를 짓지 않았고, 아버지는 도시에서 회사를 다니셨다. 그 시대에 흔치 않던 주말부부로 일주일에 한두 번 집에 오셨다.

방학이면 초등학생인 3번, 4번, 5번을 데리고 〈우뢰매〉 같은 영화를 보여 주었고, 비싼 아이스크림콘도 사 주셨다. 시골에서 밥통에 쪄 낸 밥알 묻은 핫도그만 먹던 우리에게 기름에 튀긴 바삭한 핫도그를 사 주셨으며, 여름휴가 때는 온 가족을 하와이(부곡 하와이)에 데려가셨다. 그곳에서 처음으로 돈가스를 먹었는데, 5번에게는 돈가스에 대한 로망이 하나 있었다. TV에서 보던 대로 오른손에 나이프, 왼손에 포크를 들고 우아하게 썰고 싶어 했다. 하지만 그날 동행한 사촌 언니가 어린 5번을 위해 돈가스를 미리 썰어 주는 바람에 조각난 돈가스와 조각난 로망을 동시에 삼켜야만 했다.

신학기가 되면 아버지 회사의 거래처에서 받은 구두 티켓으로 우리 가족은 백화점 쇼핑을 즐겼다. 아버지는 각자 원하는 디자인의 신발을 신어 보게 한 뒤 항상 검지로 앞축을 꾹꾹 눌러 발에 꼭 맞는지 확인하셨다. 쇼핑을 끝낸 후에는

지하 식품관에 들러 왕만두도 사 주셨다. 만두를 먹는 내내 우리는 백화점 안을 오가는 세련된 도시 아이들을 신기한 듯 쳐다보았고, 그들은 촌스러운 우리를 힐끗힐끗 쳐다보았다.

아버지가 미국으로 출장을 가신 적이 있다. 출장 가기 전 1번에게 필요한 게 있는지 물어보셨고, 1번은 리바이스 청바지가 갖고 싶다고 했다. 그곳에서 아버지는 사이즈도 제대로 모르는 오 남매의 청바지를 스무 벌 가까이 사 오셨다. 청바지 스무 벌을 미국에서 사 오는 건 결코 쉬운 일이 아니었다. 먼저 당신의 짐을 최소화해야 하고, 자칫하다가 불법 도매상인으로 오해받을 수도 있는 일이었다.

매달 1일은 오 남매가 용돈 받는 날이었다. 돌아보면 아버지는 단 한 번도 이날을 어긴 적이 없으셨다. 늦은 밤에라도 꼭 오셔서 주고 가거나, 출장이 겹치는 날에는 하루 이틀 당겨서 주셨다. 우리 중에서는 3번과 5번이 이때를 가장 좋아했다. 이렇게 아버지라는 존재는 자식을 위해 어려운 일을 참 쉽게 해내는 분 같았다.

뉴스에서 대형 사고가 날 때마다
제일 먼저 자식의 안위를 확인하기 위해 달려오신 아버지였다.
아버지는 공부하라는 말씀은 아끼고,
공부가 아닌 삶 자체를 지원해 주셨다.

소풍 가는 날

"비야 오지 마~ 비야 오지 마~ 비야 오지 마~!"

빈 깡통을 두들기면 비가 오지 않는다는 설이 있었다. 소풍 가기 전날, 동네 아이들과 그렇게 빈 깡통을 두들겨 댔다. 연신 깡통을 두들긴 뒤 집으로 돌아와 어머니에게 소풍 가방을 꺼내 달라고 했다. 마루에 있는 높은 찬장에 의자를 밟고 올라가 어머니는 큰 보자기를 바닥에 떨어뜨렸다. 그 안에는 식빵 모양으로 된 가방이 두 개 있었는데, 고학년이 된 1번과 2번이 더는 쓰지 않아 3번과 4번에게 넘어왔다. 3번은 4번에게 가방 양쪽 큰 주머니에는 물이나 음료수를, 안쪽 작은 주머니에는 돈을, 도시락은 맨 아래 그리고 그 위 과자를 넣어야 절대 부서지지 않는다고 설명했다.

여행 캐리어만 봐도 설레는 것처럼 소풍 가방은 그런 존재였다. 먼저 가방끈을 조절해 빈 도시락을 넣어 집안 곳곳을 걸어 다녀 보았다. 그러다 밤이 되면 머리맡에 두고 잠자리에 들었다.

"아버지 오셨어."
"아버지가 뭘 사 왔는지 알아?"

그날 아침, 여느 날과 다른 풍경이 벌어졌다. 누가 깨우지 않았는데도 저절로 눈이 떠졌다. 1번과 2번이 검정 봉지를 부스럭거리고 있었다. 평소 엄한 아버지였기에 그렇게 좋아할 일은 아니었음에도 그들의 표정이 밝았다. 그들이 가리키는 손끝에 검은색 비닐봉지가 다섯 꾸러미 있었다. 얼른 3번과 5번을 깨웠다. 평소 잠을 깨우면 고약하게 성질부터 부리는 5번도 검정 꾸러미를 보더니 금세 표정이 밝아졌다. 각 비닐봉지 안에는 음료수, 사탕, 과자, 비스킷, 껌 등이 똑같은 브랜드의 똑같은 제품으로 하나씩 들어 있었다.

슈퍼에 들어선 아버지의 모습을 상상해 보았다.

"아이들이 소풍 갈 때 뭘 사 가나요?"
"음료수, 과자, 사탕 같은 거 가져가죠?"
"아! 그러면 사장님. 다 똑같은 것으로 다섯 꾸러미 만들어 주세요."
"다섯 개나요?"
"애들이 다섯이거든요. 그런데 하나라도 다른 게 들어가면 안 됩니다. 무조건 똑같은 것으로 부탁드립니다."

당신에게 진짜 하고 싶었던 말

초등학교 1학년 때 처음 아버지에게 맞았다. 아버지는 오 남매 중 유독 4번을 예뻐하셨다. 이 사실을 그녀도 너무나 잘 알고 있다는 게 그날의 문제였다.

아침부터 숙제를 시키려는 1번과 무조건 버티고 보는 4번 사이에 실랑이가 벌어졌다. 때마침 숙제도 하기 싫고 학교도 가기 싫었던 4번 앞에 아버지가 보였다. 방으로 들어오신 아버지는 그녀의 머리를 쓰다듬으며 열심히 하라고 토닥여 주셨다. 그런데 웬일인지 그녀는 아버지가 오고 나서부터 숙제하기가 더 싫어졌다. 무조건 시키고 보는 1번의 지시를 하나도 따르지 않았다. 그러다가 반항심마저 생긴 그녀는 칸 밖으로 툭툭 튀어나오게 글자를 쓰며 모든 감정을 표출했다. 화가 난 1번은 지우개로 칸 밖으로 벗어난 모든 글자를 지워 버렸다.

"야! 다시 써!"
"왜 지워?"
"잔말 말고 빨리 다시 써! 이렇게 쓰면 선생님한테 혼난다고!"

"혼 안 난다고! 근데 왜 자꾸 지우냐고!"

1번은 옆에 계신 아버지를 의식하며 입술을 지그시 깨물며 말했지만, 4번은 자기편인 아버지만 믿고 막무가내로 고집을 부렸다.

"빨리 써라!"
"또 지울 거잖아!"

한 번 더 입술을 꽉 깨문 1번은 강제로 그녀의 손을 끌어와 연필을 쥐여 주었다. 그리고 공책 앞으로 손을 갖다 놓았다. 반면 4번은 필사적으로 힘을 주어 손을 빼려다가 그만 공책 한가운데 진한 연필 자국을 내고 말았다. 그때 반사적으로 그녀의 머리에 손이 날아왔는데 그건 1번이 아니라 아버지의 손이었다.

모든 과정을 지켜보던 아버지가 화가 나 4번의 머리를 쳤는데, 그때 힘에 밀려 얼굴이 상 모서리에 부딪혔다. 화가 덜 풀린 아버지는 숙제 노트를 갈기갈기 찢어 버리셨다. 상에 부딪힌 아픔보다 아버지의 모습에 놀란 4번은 크게 울기 시작했고, 소매 끝으로 눈물을 닦는데 코피가 같이 묻어 나왔다. 다급히 달려오신 어머니로 인해 상황은 일단락되었고, 4번은 새 옷으로 갈아입었다. 10년 가까이 1번과 2번을 거쳐 끈질기게 4번에게 온 노란 티셔츠도 그날의 코피로 인해 최후를 맞이했다. 너덜너덜하게 해진 옷은 마치 그때의 4번을 닮아 있었다. 그렇게 훌쩍거리며 그녀는 아버지의 눈치만 살폈다.

"4번! 그만 뚝 그치고 빨리 이리 와서 밥 먹어."

쭈뼛쭈뼛 걸어와 최대한 아버지에게서 멀찍이 떨어진 자리에 앉았다. 갈아입은 옷은 소매 끝이 길어서 덜렁거렸고, 그런 그녀를 유심히 보던 아버지가 말없이 소매 끝을 접어 주셨다.

그날 4번이 아버지에게 하고픈 말은 따로 있었다.

"아버지, 오랜만에 당신이 와서 참 좋았어요.
그래서 어리광 한번 부려 봤어요.
4번의 어리광을 받아 줄 만한 곳은 그리 많지 않으니까요."

고래 싸움에 새우 등 터지다

초등학교 6학년 때 도시로 전학을 왔다. 촌지가 난무하던 시절, 어머니는 4번만 덜컥 교실에 밀어 넣고 빈손으로 인사만 하고 집으로 가셨다. 당시 6학년 담임 선생님의 별명은 '불독'으로, 무섭기로 악명 나 있었다. 그래도 제법 눈치가 있었던 4번은 아이들이 발표하는 것을 보고 처음으로 손을 들었다. 선생님은 4번을 발견하고는 기회를 주셨고, 그녀는 아주 씩씩하게 발표했다. 무뚝뚝했던 선생님의 얼굴에 살짝 미소가 비치는 것 같았다.

전학 온 지 일주일이 지나자 선생님은 4번에게 아버지를 모셔 오라고 하셨다. 사실 아버지는 전학 온 지 3일째 되던 날 학교에 오셨다. 그날 수업 중 밖에서 누가 노크하는 소리를 들었다. 그런데 이상한 일이 벌어졌다.

"이기영 학생 있습니까?"
"이지영이요? 우리 반에는 그런 학생 없습니다."

분명 아버지의 목소리가 들렸지만, 선생님은 무심하게 대답한 뒤 문을 닫아 버렸다. 그리고 며칠이 채 지나지 않아 다시 아버지를 모셔 오라니 조금 의아했지만, 아버지께 그대로 전했다.

"아버지! 선생님이 학교에 오시래요."

"왜?"

"모르겠어요. 그냥 오시래요."

"그 선생 참 웃기는 사람이야. 내가 지난번에 학교 갔을 때 자기 반에 이기영이라는 학생은 없다고 하더니…. 그것도 맨 뒷자리에 앉아 있는 게 뻔히 보이는데 말이야. 참 웃기는 선생이야. 어쨌든 회사 출장 때문에 못 간다고 전해."

다음 날 아버지가 출장 때문에 당분간 학교에 오시기 어려울 것 같다고 말씀드렸다. 그런데 갑자기 선생님이 불같이 화를 내셨다.

"아니, 애만 학교에 데려다 놓으면 다야? 네가 학교 오다가 사고라도 나면 그거 다 누가 책임질 거야? 무조건 다음 주까지 오셔야 한다고 전해!"

집에 가자마자 아버지에게 전화해 선생님 말씀을 그대로 전했지만, 아버지의 답변은 더 완강했다.

"다음 주에는 아버지 일본 출장 간다고 전해. 내가 무슨 하인도 아니고 오라면 오고, 가라면 가는 그런 사람인 줄 아나? 암튼 웃기는 선생이야."

아버지가 일본에 출장 가지 않는다는 걸 그녀는 알고 있었다. 다음 날 아침, 2번이 어머니가 사 준 무지개색 머리 방울로 4번의 머리를 예쁘게 땋아 주었다. 제법 머리가 마음에 들었던 4번은 거울을 이리저리 비춰 보며 내일도 똑같은 머리를 해 달라고 부탁했다. 그렇게 기분 좋게 학교에 갔고, 아침 자습 시간에 선생님이 부르셨다.

"아버지는 언제 오신다고?"
"일본으로 출장 가신대요."

이 말이 끝나자마자 갑자기 손바닥이 날아오더니 4번의 뺨과 머리를 쳤다. 순식간에 무지개색 방울이 교실 사방으로 흩어졌고 놀란 아이들이 일제히 숨을 죽였다. 화가 난 선생님의 목소리가 교실을 저렁저렁 울렸다. 갑자기 괴물로 변한 선생님 앞에서 4번은 공포에 휩싸였다.

"어디서 거짓말을 해? 너희 아버지 지금 어디 있어? 지금 당장 가서 모셔 와!"

떨리는 손으로 헝클어진 머리와 눈물을 쓸면서 4번은 그저 고개만 저었다. 이미 손 쓸 수 없을 만큼 괴물로 변해 버린 선생님은 한 번 더 손을 하늘로 번쩍 치켜들었다. 곧바로 눈을 질끈 감고 숨죽인 목소리로 그녀가 말했다.

"이따 집에 가서 아버지께 전화할게요."

다음 날,
아버지는 누구보다도 세련되고 근엄한 모습으로 학교에 오셨다.
아버지의 구두 소리가 교실 나무 바닥을 당당하게 울렸고
그제야 4번의 마음이 놓였다.
하지만 무지개색 머리 방울은 두 번 다시 할 수 없었다.

롤렉스 산소

유교 사상이 짙은 아버지는 아들 둘이 출가할 때는 집·차·땅을 나눠 주셨지만, 딸 셋이 출가할 때는 결혼식 비용만 해 주셨다. 그래도 장녀인 1번은 뒤늦은 감이 있지만 집 한 채를 받았다. 이런 불공평한 분배에 2번과 4번이 가장 아쉬워 했다.

20년 전 아버지 사업이 번창할 때 산 롤렉스 시계가 하나 있었다. 500만 원에 구매했지만, 지금 시가로 2,000만 원이 넘는다고 한다. 그 시계를 호시탐탐 노리는 이가 있었으니, 바로 2번이다.

"4번이랑 나는 아버지한테 아무것도 못 받았으니까 저 롤렉스 시계는 내 거야. 4번 너는 저 마당에 있는 동백나무나 가져!"

떡 줄 사람은 생각지도 않는데, 모두 롤렉스 시계는 단연 2번의 것이고 동백나무는 4번의 것이라고 암묵적으로 동의하는 분위기였다. 사실 동백나무도 20년 전에 아버지가 600만 원을 들여 마당에 옮겨 심은 것인데, 몇 년 전에 지나던

조경수가 보고 2,000만 원에 구매하고 싶다고 했다. 하지만 그 제안을 단번에 거절한 아버지는 동백나무가 자신을 빛내 줄 또 하나의 자부심이라고 생각하셨다. 아버지에게 남아 있는 자산은 집 한 채와 동백나무 그리고 롤렉스 시계뿐이었다. 그런데 언제부터 아버지의 손목에 늘 있던 롤렉스 시계가 보이지 않았다.

"아버지, 시계 어딨어요?"
"그거 줄이 끊어져서 수리 맡겼어!"

한 달 가까운 시간이 흘렀는데도 여전히 시계는 보이지 않고, 낯선 싸구려 시계가 아버지 손목을 차지하고 있었다.

"아버지, 시계 수리가 잘 안됐나 봐요? 자꾸 늦어지네요?"
"그거? 수리비가 100만 원 넘게 나오는데 돈도 아깝고 이 나이에 차기엔 너무 무겁기도 해서 그냥 처분했어."
"네?"
"다음 주 복날 가족들이 모두 모이면 자초지종을 말해 줄 테니, 그때 얘기하자."

순간적으로 2번의 얼굴이 떠오른 4번이 전화했다.

"2번! 내가 한 번 더 기회를 줄게. 진짜 롤렉스 시계 가질
거야? 지금이 기회야. 동백나무로 바꿔도 돼!"

"아니, 내가 왜? 난 무조건 롤렉스야!"

"그래? 진짜지! 나중에 후회하지 마!"

"근데 갑자기 왜?"

"2번!"

"왜?"

"아버지 롤렉스 시계 팔았어."

"뭐? 진짜야? 야! 잠깐 차 좀 세우고 다시 전화할게."

그날 2번의 충격은 쉽게 사그라지지 않았다.

복날이 되었다. 식사가 끝나갈 때쯤 아버지가 말문을
여셨다.

"아버지가 예전부터 이루고 싶은 일이 하나 있었어. 그걸
이제야 하게 됐다. 아버지는 우리 가족이 다 묻힐 수 있는
가족 묘지를 하나 만들고 싶었는데, 그걸 차일피일 미루다
가 이제야 하게 된 거야. 그래서 지금 마음이 너무 좋고 편
해. 그런데 그 묘지를 만드는 데 900만 원이 든다는 거야. 마

침 시계 줄이 끊어져 수리를 맡겼는데 그 시계방 놈이 시계를 팔라고 하길래 '얼마 줄 건데?'라고 물었더니 1,000만 원을 주겠다고 하더라고. 거기에 내가 100만 원을 더 얹어서 팔았어. 그러니 이 아버지의 깊은 뜻을 너희도 헤아려 주길 바란다."

아버지는 시계방 주인의 장삿속에도 끄떡없이 100만 원을 더 얹어 받았다며 말끝에 힘을 주셨다. 그날 식사 후 우리 가족은 모두 선산으로 향했고, 언젠가 자신이 누울 자리를 확인했다. 자부심에 한껏 더 흥이 오르신 아버지가 사위들을 향해 한마디 덧붙였다.

"자네들도 나중에 갈 때 없으면 이곳에 와서 눕게. 우리 가족 30명이 모두 누울 수 있는 곳이라네."

요람에서 무덤까지 함께하는 아버지셨다.
그런데 얼마 전 집에서 기르던 산솔새 '가을이'가 죽었다.
우리 '가을이'가 롤렉스 산소에 1번으로 눕게 되었다.

어머니를 닮다

며칠 전 어머니에게 송금하는 법을 알려 드렸다. 칠순이 훨씬 넘은 어머니는 송금할 때마다 은행 창구를 이용하셨다. 물론 시골에 있는 작은 은행이라 대기 번호표를 뽑는 일은 없었다. 하지만 영업시간 이후에는 애로사항이 많았다.

"엄마! 기계 앞에 가서 통장을 넣어."

"그래, 통장 넣었어."

"그럼 왼쪽에 '계좌이체'라는 글자 보여?"

"응, 보여! 눌렀어. 비밀번호 누르라는데?"

"비밀번호 눌러."

"1234. 그래 눌렀어."

"엄마 비밀번호는 작게 말해야지. 주변에 사람 없어?"

"응, 아무도 없어. 근데 입금액 누르라고 하는데?"

"얼마 입금할 거야? "

"입금액… 오, 백, 만, 원."

"엄마! 작게 말해, 제발! 근데 어디에 입금하는데 그렇게 많이 보내?"

"내 계좌에 입금하는 거야. 오늘은 연습하는 거니까. 계좌 번호 누르라고 하는데? 내 계좌번호 누르면 돼? 352 07…."

그때 참 신기했다. 저렇게 긴 계좌 번호를 술술 외우다니. 그런데 혼잣말을 계속하시더니 결국 사고를 치고 말았다.

"대구은행, 그리고 계좌 번호도 눌렀고…. '혹시 지금 전화 통화하면서 송금하고 계십니까?' 예~!"

"엄마, 엄마! 안 돼! 그거 누르면 안 돼!!"

"왜? 통화하고 있잖아! 어머, 송금이 취소됐네…."

어머니의 직업은 요양보호사다. 그곳에서 능력을 인정받아 지금까지 건재하게 활동하시며, 특히 자식들이 주는 용돈을 좋아하신다. 가끔 우리 중 누군가의 이름이 다섯 글자로 바뀌는 날이 있다. 평상시에는 '기영아'라고 부르시는데, 용돈을 드린 날에는 이름 앞에 '우리'라는 애칭이 붙는다. '우리 기영이가 말이지…' 하고 말문이 열리면 그날은 '우리 기영이'에게 용돈을 받은 날이다. 그리고 어머니는 근검절약이 몸에 밴 분이다. 플라스틱 물병과 반찬 통을 절대 버리지 않아 우리에게 핀잔 듣는 일이 많다. 그럴 때마다 어머니는 '이것도 다 돈'이라며 크게 반박하신다.

게다가 좌석 버스를 타고 편하게 가도 되는 거리를 2,000원 더 저렴하다는 이유로 굳이 일반 버스를 타신다. 그렇게 악착같이 모은 돈을 또 자식들에게는 화끈하게 나눠 주기도 하신다.

어머니는 자식 때문에 살아왔고, 지금은 자식 덕분에 살아간다. 치열하기만 했던 그녀의 삶은 우리의 삶을 모두 합쳐도 비교되지 않는다. 우리는 늘 그녀 앞에서 모자라기만 하다. 오 남매가 이렇게 바르게 큰 것도 어머니의 보살핌 덕분이다. 아버지가 경제적 지원을 아끼지 않았다면, 어머니는 정서적 지원을 아끼지 않으셨다. 가끔 아버지한테 말조차 쉽게 꺼내지 못하는 요구 사항을 대신 전해 주거나, 아니면 몰래 대신해 주신 적도 많았다. 이로 인해 두 분 사이에 다툼이 생긴 적도 있었지만, 그럴 때마다 어머니는 우리 편이 되어 주셨다.

오늘도 어머니는 늙은 호박을 보면 1번, 소고깃국을 끓이면 2번, 찰밥을 하면 3번, 부추전을 하면 4번, 갈비찜을 하면 5번을 제일 먼저 떠올리신다. 매일 우산 장수와 부채 장수처럼 잘 나가는 자식보다 조금 부족한 자식을 걱정하신다. 자식이 많은 탓에 마음 편한 날도 남들보다 적지 않을까 싶다. 그래도 용돈을 한꺼번에 많이 받아 좋다고 하신다. 어머니는 회사로부터 금융 치료를 받는 게 아니라, 자식으로부터 금융 치료를 받으신다.

오늘도 어머니는 이것저것 반찬을 싸 주셨다.
어머니의 당부 사항은 하나뿐이다.

"다음에 올 때 반찬 통 꼭 챙겨 와!"

미안함, 분주함 그리고 기다림

4번이 태어났다. 어머니와 아버지는 실망감에 슬퍼하셨다. 딸 둘, 아들 둘을 원하셨던 부모님은 딸 셋, 아들 하나를 가진 부모가 되었다. 그렇게 환영받지 못한 탄생을 미리 눈치챘는지 4번은 아주 순했다. 기고 걷는 것뿐만 아니라 언어도 빨랐고 시골에서 자랐지만 하얀 피부에 잘 웃어서 친척들에게 귀여움을 많이 받았다. 그래서 이름이 '기영이'라나?

카메라가 귀하던 시절, 대구에서 큰 목욕탕을 경영하던 부자 친척이 하루는 카메라를 들고 우리 집을 방문했다. 그때 어머니는 어려운 가정 형편과 딸이라는 이유로 돌 사진한 장 제대로 찍어 주지 못한 4번이 떠올랐다. 곤히 낮잠을 자고 있던 20개월 된 4번을 깨웠다. 자는 아이를 깨웠더니 신경질이 최고조에 달했다. 그녀는 울면서 어머니 품에서 절대 떨어지지 않으려 했고, 행여나 카메라를 들고 온 친척의 마음이 바뀔까 봐 염려된 어머니는 얼른 아이를 달래 카메라 앞에 세워야만 했다.

별 볼 일 없는 집안에서 그나마 배경이 가장 좋아 보이는 장독대와 길게 뻗은 사철나무 사이에 그녀를 세웠다. 사진 속 그녀는 신발을 거꾸로 신고 있다. 당시 어머니의 다급한 마음이 그대로 묻어난다. 머리카락은 짧고 잠옷으로 입은 치마는 끝이 해져서 뜯겨 있지만, 그래도 잘 먹고 잘 자란 아이처럼 통통하니 배가 볼록 나와 치마의 앞섶이 살짝 들려 있다. 카메라를 가진 친척도, 또 카메라가 신기했던 1번, 2번, 3번도 그녀를 웃게 하려고 주변에서 백방으로 노력했다. 그러나 장독대와 사철나무 사이에서 그녀는 계속 울기만 했다.

비록 멋진 사진관에서 멋진 의자에 앉아 예쁜 드레스를 입고 우아한 자태를 뽐내며 찍은 돌 사진은 아니지만, 그 시절 그렇게 찍은 사진 한 장에는 미안함이 있고 분주함이 있고 기다림이 있었다. 또 언제 방문할지 모르는 친척을 배웅하면서 어머니는 두 손을 꼭 쥐고 부탁하셨다. 그해 가을, 선산에 들르는 길에 잠시 우리 집을 방문한 친척이 주방에서 분주하게 움직이던 어머니에게 사진을 내미셨다. 어머니의 시선은 친척의 반가운 얼굴보다 손에 들린 사진으로 먼저 향했다. 물기 묻은 손을 얼른 바지춤에 닦으며 혹여 사진의 잉크가 번질까 봐 조심스레 손끝으로 모서리만 쥐었다.

그날 밤 어머니는 가족에게 사진을 보여 줄 때도 모서리
끝만 잡고 돌려 보게 한 뒤 앨범에 넣으셨다.

사진을 보며 어머니는 이런 말씀을 하셨다.
"사진이 귀했던 게 아니라 그때의 4번 모습이 귀했던 거야."

망쳐 버린 여행

어머니는 그날을 회상할 때마다 이렇게 말씀하신다.

"내가 살다 살다 그렇게 생고생한 여행은 처음이야."

4번이 일곱 살 때, 어머니는 매번 어린 5번만 데리고 외출하셨다. 그 모습이 내심 부러웠던 4번은 어머니와 굳게 약속했다.

"다음에는 무조건 나도 데려가는 거야? 꼭! 꼭이야!"

그러고는 혹여 중간에 어머니 심기를 건드려 약속이 깨질 것을 염려해 제법 눈치 있게 행동했다.

드디어 간절히 바라던 그날이 왔다.

어머니의 계 모임에서 전주행 당일치기 일정이 잡혔고, 4번은 평소와 달리 단정히 머리 빗고 새 옷도 입었다. 마을 어귀에서 관광버스가 도착하길 기다리는데, 뒤에서 4번을 바라보는 시선이 느껴졌다. 돌아보니 1번이 5번을 업고 있었고, 그 옆에는 2번과 3번이 부러운 눈빛을 보내며 나란히 서 있었다.

때마침 관광버스가 도착했다. 하지만 활짝 열린 버스 문 사이로 4번을 향한 절망적인 말이 쏟아지기 시작했다.

"오늘은 애들 데려온 사람 아무도 없는데…. 애는 두고 가지 그래?"

처음에는 당황한 기색이 역력한 어머니였지만 웃으며 버스 안을 한번 살피시더니 갑자기 태도를 바꾸어 4번을 설득하기 시작했다. 하지만 이날만 손꼽아 기다린 4번은 고개를 절레절레 저으며 눈앞의 현실을 애써 부인했다. 그러고는 한 치도 물러서지 않고 생떼를 부리기 시작했다.

"오늘은 아무래도 안 되겠다. 진짜 애들 데려온 사람이 아무도 없어. 다음에 엄마가 꼭 더 좋은데 데려갈게."
"난 갈 거야! 난 갈 거라고!!"

빨리 타라는 버스 기사의 신호에 어머니는 냉정하게 4번의 손을 뿌리치고 버스 계단에 올랐다. 4번은 아직 땅에 닿아 있는 어머니의 나머지 한쪽 다리를 부여잡고 더 크게 울기 시작했다.

"나도 따라갈 거야! 나도 따라갈 거라고!!"

그 몹쓸 생떼에 결국 버스 안 어른들이 두 손 두 발 다 들었다. 그렇게 4번이 바라던 첫 여행이 시작되었다. 막상 버스에 오르니 어른들이 반대한 또 다른 이유가 있었다. 앉을 자리가 없었다. 울음을 그치긴 했으나 계속 콧물을 훌쩍거리는 4번에게 버스 기사가 어딘가에서 접이식 의자를 꺼내와 복도 중간에 펴 주었다.

"요놈아! 너는 여기 앉아라!"

어머니와 마주 보며 앉았는데 그때 4번의 눈물로 얼룩진 어머니의 흰 바지가 눈에 들어왔다. 조금 미안한 마음이 들었지만, 그 찰나 누군가가 손에 닭 다리를 쥐여 주었다. 시골에서는 보기 드문 닭튀김을 보자 미안함은 온데간데없이 사라지고 '정말 따라오길 잘했구나'라는 마음이 들었다. 하지만 기쁨도 아주 잠깐이었다. 손에 든 닭 다리를 한 입 베어먹으려는데 갑자기 버스가 급정거했다. 그 바람에 접이식 의자가 접히면서 4번과 의자가 함께 데굴데굴 앞으로 굴러가기 시작했다. '쿵' 하고 뭔가에 부딪히면서 멈추었고, 그 순간 4번이 제일 먼저 확인한 건 닭 다리의 생사였다. 몇 바퀴를 굴렀는데도 기적적으로 살아남은 닭 다리 덕분에 울지 않으려고 몹시 애를 썼다. 하지만 버스 안 어른들 사이에서 박장대소가 터져 나오면서 다시 울기 시작했다.

그때부터 4번은 어머니 무릎에 앉아서 갔고 종종 다른 어른들이 접이식 의자에 앉으며 자리를 양보해 줘 무사히 전주까지 갈 수 있었다. 전주에 도착해 이곳저곳을 구경하던 중 한 어른이 4번을 즐겁게 해 주고자 했다. 그러나 그분의 배려는 완전히 빗나가고 말았다. 4번을 데리고 귀신의 집에 들어간 것이다. 멋모르고 따라 들어간 귀신의 집에서 식겁한 그녀는 또 어머니의 흰 바지를 눈물로 적셨다. 그때 옆에서 지켜보던 어른들이 핀잔을 줬다.

"너는 도대체 하루에 몇 번이나 우냐? 괜히 따라와서는…."

여행 가기 며칠 전 어머니는 흰 바지를 깨끗하게 빨아
다려 놓으셨다.
흰 모자와 빨간색 티셔츠도 미리 꺼내 놓으셨다.
그날 4번이 망친 건 어머니의 흰 바지뿐만이 아니었다.

"괜히 따라가서는…."

후광 효과

초등학교 때 어머니는 '어머니회장'을 2년간 연임하셨다. 그 시절 학교에서는 다자녀 가정의 부모님이 돌아가면서 회장을 맡았다. 그해에는 2번, 3번, 4번 모두 같은 학교에 재학 중이라 어머니가 어쩔 수 없이 맡아야 했다. 운동회나 소풍 가는 날, 또는 학교에 큰 행사가 있을 때마다 어머니는 한복을 차려입고, 양손 가득 무거운 짐을 들고 오셨다. 학교 행사가 끝난 후에도 남아서 뒷정리하셨고, 쓰고 남은 나무젓가락과 종이컵 등을 전부 집으로 가져와 보관하셨다.

한번은 교장실 앞을 지나는데 교장 선생님이 4번의 왼쪽 손목에 찬 시계를 보며 현재 시각을 물으셨다.

"지금 몇 시니?"
"지금이….'

왼팔을 들어 시간을 확인하고 말하려는데 교장 선생님이 살짝 손목을 잡으시더니 손바닥에 뭔가를 쥐여 주셨다. 과자였다. 당시 교장 선생님에게 제공되던 다과였던 것 같다. 4번은 교장 선생님의 센스 있는 모습에 감탄하기도 했고, 자신을 특별히 예뻐한다는 생각에 과자를 받을 때마다 뛸 듯이 기뻤다. 가끔 운동장이나 급식실 같은 곳에서 우연히 교장 선생님을 뵈면 더 이쁨받으려고 엄청 깍듯하게 인사했고, 교실에 오시면 일부러 눈을 마주치려고 노력했다. 그 후로도 교장 선생님은 가끔 4번의 왼손에 과자를 주셨고, 그때마다 마냥 행복했다.

다음 해 옆집에 사는 친구 어머니가 회장 자리를 인계받으셨다.

그 친구와 함께 집에 가려는데 이번에는 교장 선생님이 4번이 아닌 그 친구만 따로 부르셨다. 4번에게 했던 것과 똑같이 그 친구에게도 시각을 물어보셨고 과자도 쥐여 주셨다. 집에 가는 길에 교장 선생님이 주신 과자를 나눠 주던 그 친구에게 4번은 매몰차게 쏘아붙이듯 말했다.

"이 과자, 교장 선생님이 네가 예뻐서 주는 거 아니야. 너희 어머니가 회장이라서 주는 거야!"

하지만 그때 4번을 놀라게 한 건 그 친구의 의연한 태도였다. 과자를 한 움큼 입에 넣더니 손바닥을 탁탁 털면서 말했다.

"나도 알아! 그런데 과자는 맛있어."

과연 어머니는
자식들로 인해 혜택이라는 걸 받은 순간이 있었을까?

네가 왜 거기서 나와?

1번이 오랫동안 교제한 남자 친구와 결혼을 준비하던 중, 한국판 '로미오와 줄리엣' 같은 일이 벌어졌다. 그들은 동성동본이었다(그 당시 성과 본관이 모두 같은 사람들의 결혼을 금지하는 법이 있었는데, 2005년 3월 이후 폐지되었다).

결혼 반대는 남자 친구 집안이 아닌 우리 집안에서 더 심했으며, 1번과 아버지 사이에서 가장 애가 타는 사람은 어머니였다. 무교에 가까웠던 어머니는 답답한 마음을 달래기 위해 용하다는 점쟁이를 여럿 찾아다녔다. 하지만 점쟁이마다 두 사람은 절대 헤어질 수 없다고 하나같이 선을 그었다. 점점 속이 타들어 가던 차에 한 점쟁이가 두 사람을 헤어지게 하는 부적을 써 주겠다고 했다. 그때는 어머니에게 100만 원도 전혀 아깝지 않은 상황이었다. 점쟁이는 부적을 1번 옷장 깊숙한 곳에 넣어 두기만 하면 된다고 했다.

그 부적 덕분이었는지 시간이 흐르면서 두 사람은 기적처럼 헤어졌다. 1번은 이별의 아픔을 달랠 겸 호주로 장기 여행을 다녀오겠다고 했고, 부모님은 동성동본과 결혼하는 것보다 훨씬 나은 선택이라 생각해 흔쾌히 허락하셨다. 1번이 짐을 꾸리면서 옷장이 텅텅 비자 2번은 자신이 1번의 옷장까지 쓸 수 있다는 기쁨에 신나서 같이 옷장 정리를 하기 시작했다. 그런데 갑자기 2번의 옷장 깊숙한 곳에서 부적이 하나 나오는 것 아닌가?

"이거 뭐야?"

부적의 등장에 2번 못지않게 당황한 사람은 바로 어머니였다.

"아니, 그게 왜 거기서 나와?"
"내 말이…. 이게 왜 내 옷장에 있냐고?"
"거기가 네 옷장이었어?"

상황은 이러했다. 당시 옷장은 5단 서랍장이었다.

오 남매는 순서대로 옷장을 사용하기로 했다.

1번이 맨 위 칸, 그리고 차례대로 5번은 맨 아래 칸을 사용했다.

그러나 키가 작은 1번이 서랍장을 사용할 때마다 불편함을

느껴 2번과 자리를 바꾸었다. 그리하여 맨 위 칸은 2번이,

두 번째 칸은 1번이 사용하게 된 것이다.

이런 사정을 알 리 없는 어머니가 부적을 맨 위 칸에 넣어 둔 것

이다.

어쨌든 부적은 어머니의 소원을 이루어 주었지만,

어머니는 돈을 아까워했다.

우리를 담다

　우리 집은 오 남매의 생일을 알뜰히 챙길 만큼 여유로운 형편은 아니었다. 어느 날 아침 밥상에 콩밥과 미역국이 올라오면 그날은 우리 중 누군가의 생일이었다. 그게 전부였다. 특별할 게 없었다. 그러다가 점차 살림살이가 나아지면서 케이크를 살 만큼 여유가 생겼다. 그때 12월생이었던 3번과 4번은 같이 생일 파티를 했다. 우리는 전날 아버지가 사오신 케이크로 한껏 들떠 있었다. 정말이지 그땐 케이크 상자만 보아도 마음이 한없이 설렜다.

　공간이 부족해 냉장고 안에 넣지 못했지만, 시골의 겨울

날씨 또한 만만치 않았기에 대청마루 위에 두어도 아무 문제가 없었다. 하지만 우리는 밤사이 도둑고양이가 올라와 소중한 케이크를 훔쳐 먹을까 봐 화장실을 핑계 대며 수시로 확인했다. 그러다가 새벽에 화장실을 다녀오는 5번의 부스럭거리는 소리에 모두 잠에서 깼다. 5번은 다시 누우면서 이렇게 말했다.

"케이크는 아직 그대로 있어."

다음 날 아침, 한껏 들떠 있던 3번과 4번이 거칠게 장난을 치다가 4번이 울음을 터뜨렸고 어머니가 달래며 말씀하셨다.

"울지마~ 생일날 울면 안 돼. 얼른 맛난 거 해서 밥 먹자."

드디어 3번과 4번의 생일 파티가 시작되었다. 스테인리스 그릇에 가득 담긴 미역국과 밥, 그리고 가운데 놓인 양은 냄비에는 간장을 넣고 조린 불고기가 있었다. 고기를 보자 우리는 눈이 휘둥그레지며 밥상머리로 일제히 모여들었다. 어머니는 생일인 3번과 4번의 밥 위에 고기를 먼저 얹어 주셨다. 돼지고기를 듬성듬성 썰어 간장을 넣고 볶은 고기에 온 가족이 달려들자 순식간에 바닥을 드러냈다. 남은 양념에 밥까지 쓱쓱 비벼 먹은 후에야 비로소 식사가 끝났다. 그리고 드디어 생일 케이크가 올라왔다. 4번과 5번은 케이크를 꺼낼 때 박스에 묻은 크림을 먼저 새끼손가락으로 쓸어 입속에 넣었다. 입꼬리가 저절로 하늘로 향했다.

흰 버터크림 위에는 하나뿐인 딸기 젤리가 장식되어 있었는데 모두 4번에게 양보해 주었다. 3번은 그 옆에 있는 장미꽃 모양의 장식을 오독오독 씹어 먹으면서 달콤한 플라스틱 맛이 난다고 했다. 케이크를 빨리 먹으려고 생일 노래도 빠르게 부르고 촛불도 한 번에 꺼 버렸다. 소원 빌기 또한 생략했다. 우리 중 케이크를 가장 많이 접해 본 1번이 칼로 케이크를 쓱쓱 잘라 똑같이 열 조각으로 나누었다. 그런 다음 모두 배당받은 케이크를 맛있게 먹기 시작했다. 어쩌다 크림이 입가에 묻으면 절대로 닦지 않고 훈장처럼 달고 다녔다.

"우리 오늘 케이크 먹었다."

3번과 4번의 생일 파티였다기보다는
우리 모두의 따뜻하고 달콤한 파티였다.

Chapter 3
뭘 해도 되는 가족

이 집안에서 민주주의로 살아가는 법

    이 집안을 세 번 이상 방문한 그 또는 그녀는 더는 손님이 아니라 우리 가족으로 등록된다. 가끔 그들이 함께 식사할 때면 우리는 이렇게 말한다.

    "차린 게 많으니 조금만 먹도록 해."

1조 1항: 남의 것을 탐내지 않는다

우리 집엔 자두나무 일곱 그루가 있었다. 부모님과 우리 오 남매가 각각 소유한 자두나무로 오래전에 할아버지가 심으셨다. 모두 자기 자두나무는 직접 관리해야 했다. 이미 다 자란 나무이기에 특별한 관리 따위는 없었지만, 오직 자기 나무에 열린 자두만 따 먹을 수 있다는 규칙이 있었다. 만약 다른 나무의 자두가 먹고 싶다면 반드시 주인의 허락을 받아야 했다. 이를 어길 때는 오 남매가 모두 자두 하나씩 따 먹을 수 있도록 자기 나무를 내어줘야 했다. 가끔 4번과 5번이 1번과 2번과 3번의 나무에서 크고 먹음직스러운 자두를 발견하곤 했는데, 그럴 때마다 그들이 학교에서 돌아올 때까지 기다려야만 했다. 마침 중학생인 2번이 학교에서 돌아왔다.

"2번! 나 저 나무에 있는 자두 따 먹어도 돼?"
"안 돼! 너희들 나무 있잖아!"
"우리 자두는 너무 높이 달려 있고, 아직 덜 익어서 못 먹는단 말이야."
"그래? 뭐가 먹고 싶은데?"
"저 위에 있는 저거!"
"아~ 저거. 내가 따서 먹어야지!"

가끔 5번과 공조해 다른 나무에 손을 댄 적도 있었는데, 어설픈 5번이 과즙을 옷에다 묻히거나 껍질을 그 나무 근처에 뱉어 놓는 바람에 매번 실패로 돌아갔다. '그냥 혼자 몰래 따 먹어도 되지 않겠냐?'라고 말하겠지만, 5번이 온종일 붙어 있으니 꿈조차 꿀 수 없었다. 그리고 무엇보다도 4번이 자신의 자두나무를 아끼는 데에는 다른 이유가 있었다. 가끔 자두를 따 먹으려고 3번의 친구들이 놀러 왔는데, 그들에게 환심을 사기 위해서였다.

가족이 남보다 못하다는 말이 여기서 나온 것 같다.
가족들에게는 어림 없던 4번의 인심이 3번의 친구들에게
아주 후했던 것을 보면.

2조 2항: 음식 앞에서 모두 평등하다

"툭."
"할머니다!"

우리는 일제히 방에서 하던 일을 멈추고, 서로 눈을 마주 쳤다. 일터에서 돌아오신 할머니의 양은 도시락 보자기가 대청마루에 놓이는 소리가 들렸다. 보자기 안에는 할머니가 새참으로 받아 온 빵이 두 개 있었다. 누가 먼저랄 것 없이 재빨리 방문을 열고 나가 할머니의 보자기를 마구잡이로 풀어 헤친 뒤 빵 두 개를 꺼내 1번에게 가져갔다. 1번은 봉지를 뜯어 빵을 다섯 등분하고는 동생들을 나란히 세워 가위바위보를 시켰다.

가위바위보에서 이긴 사람 순으로 순번이 정해지지만, 그 순번대로 빵을 가져가는 것은 아니었다. 2차 관문이 남아 있었다. 이긴 사람은 가지런히 놓인 빵 다섯 조각을 뒤로한 채 돌아앉은 뒤, 모든 이가 지켜보는 가운데 귀를 쫑긋 세워 1번이 가리키는 빵의 번호에 집중해야만 한다. 그러면 1번은 빵의 순서나 크기에 상관없이 무작위로 빵을 가리킨다.

"준비됐어?"

"응."

"1, 2, 3, 4, 5 어느 거 할래?"

"음~ 2번!"

"자~ 2번 빵은 이거야. 가져가."

가위바위보를 잘하거나 청각이 뛰어나다고 해서 큰 빵을 가져갈 수 있는 게 아니었다. 그저 나눔에 대한 우리만의 철저한 원칙이었다. 또 가위바위보에 취약한 4번과 5번을 위한 배려이기도 했다.

하지만 우리 모두 그때는 미처 알지 못했다.
할머니도 그 빵을 아주 좋아했다는 것을.

3조 3항: 다수결 원칙을 준수한다

4번과 5번은 한글보다 '다수결 원칙'을 먼저 습득했다. 리모컨도 없고 채널도 고작 3개뿐인 TV였지만, 이마저도 서로 보고 싶은 것을 보기 위해 저녁마다 전쟁을 치러야 했다. 그때 1번이 사회 시간에 배운 '다수결의 원칙'을 적용했다.

모든 채널권은 '다수결 원칙'에 의해 정해졌다. 하지만 가끔 이 법칙마저 통하지 않을 때가 있었는데, 바로 2 대 2 상황으로 팽팽하게 대치될 때였다. 오 남매가 항상 다 같이 모여 있는 건 아니었기에 이럴 때는 참여하지 못한 한 명이 간절했다. 초저녁에 일찍 잠든 이를 급히 깨워 몇 번을 볼 거냐고 대답을 받아 냈으며, 밖에서 놀고 있는 아이도 예외가 아니었다. 동네가 떠나갈 듯 크게 소리 질러 번호를 받아 냈다.

"너 몇 번 볼래?"
"응?"
"2번에서는 〈둘리〉를 하고, 1번에서는 뉴스를 해. 그리고 3번에는 〈모여라! 꿈동산〉을 해. 너는 몇 번 볼래?"
"나는 2번! 2번!"

이렇게 정해진 채널권은 한 시간 동안 발휘되었다. 어쩌다 한 명이 멀리 있는 친척 집으로 가서 이러지도 저러지도 못하는 2 대 2 상황이 생기면 그땐 무조건 가위바위보로 정했다. 이긴 팀이 채널권을 가지며, 역시 한 시간 동안 채널이 고정되었다.

'다수결 원칙'은 성인이 된 지금도 가족 행사 시 메뉴 선정과 장소 등을 결정할 때 아주 요긴하게 쓰인다.
다행히 그때와는 달리 지금은 소수의 의견도 반영된다.

4조 4항: 방귀 예절을 준수한다

사춘기에 접어든 1번과 2번이 〈주말의 명화〉를 보고 감수성이 제대로 터졌다. 잘생긴 외국 배우가 하품이나 트림 같은 행동을 한 뒤 정중히 사과하는 모습을 보고 꽤 강한 인상을 받은 듯했다. 둘이 한참을 의논하더니 3번, 4번, 5번을 불러 세웠다.

"지금부터 우리가 하는 말 잘 들어!"

"?"

"우리는 너무 예의가 없어. 방귀도 아무 데서나 끼고 말이야."

"?"

"앞으로 우리 집에서 방귀를 뀌면 상대방에게 예의 바르게 '실례했어' 또는 '실례'라고 말해야 해. 무슨 말인지 알겠어?"

"그렇게 안 하면 어떻게 되는데?"

"맞아!"

"맞는다고?"

"그래."

규칙은 이러했다. 방귀를 뀌면 곧바로 '실례합니다' 또는

'실례'라고 말해야 한다. 만약 아무 말 없이 평상시처럼 뻔뻔하게 있다가 누군가가 재빠르게 '오방'(다섯 대를 때릴 수 있다는 의미)을 외치면 그 자리에서 다섯 대씩 맞는 것이다. 한마디로 4명에게 다섯 대씩, 즉 스무 대를 한꺼번에 얻어맞기 싫으면 무조건 '실례'라고 외쳐야만 한다.

방귀조차 함부로 내보낼 수 없는 이 집안에 사촌오빠가 놀러 왔다. 밥을 먹은 뒤 사촌오빠는 넉살 좋게 피식 웃으며 방귀를 뀌었다. 동시에 오 남매는 '오방'을 외치며 그를 공격했고, 그는 방귀 예절에 익숙해져 갈 때쯤 집으로 돌아가곤 했다. 이렇게 지속된 방귀 예절은 시간이 흐르면서 유학, 군대, 출가 등의 이유로 방귀처럼 자연스레 사라졌다.

가족 모임을 할 때의 일이다.
밥을 두둑이 먹은 5번이 방귀를 뀌었는데,
소리도 냄새도 예전보다 더 독하게 느껴졌다.
이럴 때는 '오방' 제도를 부활해야 하나 고민에 빠지게 된다.

5조 5항: 자유를 누리되, 임무를 완수한다

"임무를 똑바로 완수하지 않을 시, 도시락 반찬은 김치뿐이다."

늘 그랬듯이 우리만의 자취 생활에서도 몇 가지 규칙이 따랐다. 그중 가장 큰 비중을 차지하는 건 바로 가사일 분담이었다. 청소나 빨래는 주말에 어머니가 와서 한꺼번에 할수 있었지만, 주방 일은 그대로 쌓아 둘 수 없었다. 모두 도시락까지 싸서 다녀야 했기에 싱크대에 그릇이 매일 차고 넘쳤다. 어느 날 1번은 흰 달력을 찢어 칸을 그리더니 요일별설거지 담당을 써넣었다. 그리고 표 아래에는 큰 별표로 설거지를 제대로 하지 않으면 김치만 먹게 될 거라는 경고까지해 놓았다.

월요일 설거지 당번은 1번, 화요일은 2번, 수요일은 3번등 누구도 예외는 없었다. 그 당시 설거지는 3번이 제일 깨끗하게 했으며, 5번이 가장 많이 했다. 1번과 2번이 설거지하기 싫을 때마다 5번을 돈으로 매수했기 때문이다. 똑같은용돈을 받아도 늘 모자랐던 5번은 우리 집 고정 심부름꾼이었다. 가끔 경제력과 인심 좋은 1번이 5번의 심부름 값을 후하게 쳐주는 바람에 나중에는 상승한 인건비로 인해 아무도 5번에게 심부름시키지 못하게 되었지만.

현재 오 남매 중 5번의 연봉이 제일 높으며,
3번은 취사병을 거쳐 지금의 가정에서
저녁 설거지를 담당하며 살고 있다.

6조 6항: 제2 외국어를 구사해야 한다

1번이 대학에서 영어를 전공하면서 집안의 모든 집기류에 영어 단어 딱지가 압류 딱지처럼 하나둘 붙기 시작했다. 예를 들어, 화장실 문 앞에는 'bathroom', 거실 벽엔 'living room', 안방 벽에는 'wall', 변기에는 'toilet' 등이 붙었다.

1번은 매일 아침 FM 라디오 〈굿모닝 팝스〉를 즐겨 들었으며, 그곳에서 배운 영어 회화를 써서 화장실 벽이나 거실 벽에 붙여 놓고 우리를 불러 큰소리로 세 번씩 읽게 했다. 문제는 집 밖에서 초인종을 누르면 인터폰에서 "누구세요?"라는 말 대신 "Who are You?"라는 영어가 들려왔는데, 이때 영어로 대답하지 않으면 아예 문을 열어 주지 않았다.

띵~동!

"Who are you?"
"나야~ 나!"
"Who are you?"
"아~! It…z me! It…z me! It…z me! 라고!"

철컹.

Chapter 4
우리는 언제쯤 그대들의 자랑이 될까요?

1번가(家)

도둑이 되다

"이 돈 어디서 났어? 누가 줬어?"

모든 일의 중심에는 항상 1번이 있었다. 그날도 1번은 2번과 공조해 큰 건수를 잡은 듯 우리를 불렀다. 1번이 짧은 눈짓을 2번에게 보내자 곧바로 주머니에서 1,000원짜리 한 장이 나왔다. 예상 밖의 큰돈에 우리는 궁금증과 놀람이 더해졌다. 하지만 1번의 목소리는 천연덕스러웠다.

"훔쳤어. 장롱 안 엄마 지갑에서."

"훔쳤다고?"

"걱정 마! 엄마는 모르실 거야. 그 많은 돈 중에 중간 것 한 장만 빼 왔는데 어떻게 알겠어?"

"중간 것?"

"그래~ 자, 자! 빨리 다 같이 늪 건너 슈퍼에서 과자 사 먹자."

"그래~ 알았어! 금방 옷 입고 올게."

순진했던 우리. 중간에서 빼 왔다는 말에 모든 두려움이 사라졌고, 절대 들키지 않을 것 같은 1번의 단호한 모습에 믿음마저 실렸다. 슈퍼는 늪을 지나 걸어서 20분 거리에 있었고, 양말도 제대로 신지 않은 채 모두 1번과 2번을 따라나섰다.

슈퍼에 도착하자 1번은 각자 200원어치 살 수 있는 특권을 주었다. 모두 고민에 빠졌다. 산도는 50원에 두 개가 들어 있고, 초코파이는 100원에 한 개가 들어있기 때문이다. 아직 계산에 서툰 4번과 5번을 1번이 옆에서 도와주었고, 그날은 산도와 초코파이 사이에서 고민할 필요 없이 둘 다 살 수 있다고 알려 주었다. 슈퍼를 빠져나와 집으로 오는 길에 시린 손을 파르르 떨며 포장지에서 산도를 꺼내 한 입 베어 먹었다. 입술에 묻은 과자 부스러기가 바람에 날려 스쳐 지나갈 때 산도의 딸기향이 진하게 전해졌다. 정말이지 새콤달콤한 세상에 빠진 것처럼 행복했다. 그때 1번은 우리에게 과자를 절대 집에 가져가서는 안 된다며 쓰레기도 길가에서 몰래 처리하도록 지시했다.

"누구 짓이야?"

저녁이 되어 돌아오신 어머니가 갑자기 안방 문을 벌컥 열고 나오셨다. 화가 잔뜩 난 어머니의 손에는 빗자루가 거꾸로 들려 있었다. 빗자루가 점점 앞으로 오자 우리는 슬금슬금 벽 끝으로 붙기 시작했다. 바로 눈앞까지 왔을 때 모두 1번과 2번을 번갈아 힐끗 보았지만, 그들도 속수무책이었다.

"누구 짓이냐고?"
"우리가 과자 사 먹었어."

빗자루의 방향이 3번, 4번, 5번 쪽으로 넘어왔을 때 겁에

질린 3번이 입을 열었다. 순식간에 어머니의 빗자루가 3번의 어깨를 강타했다. 그것도 잠시 1번과 2번 쪽으로 방향을 바꿨다가 다시 3번, 4번, 5번 쪽으로 방향을 틀었다.

"다 나가!"

빗자루를 용케 피한 1번과 2번은 잽싸게 나와 신발을 들고 뛰기 시작했다. 우리도 신발을 들고 그 뒤를 따라가고 싶었지만, 상황이 여의치 않았다. 하는 수 없이 맨발로 뛰기 시작했고 그때 4번이 뒤를 돌아보았다. 3번이 없었다. 3번은 아직도 마루 밑에서 신발을 찾고 있었다. 쫓겨나는 주제에 신발까지 신고 나가겠다는 어리석은 3번의 모습에 어머니는 들고 있던 빗자루로 그 마음을 전부 발산하고 말았다. 맨발로 쫓겨난 우리는 빈 외양간으로 대피했고, 가장 많이 맞은 3번에게 1번과 2번이 안타까운 듯 타박했다.

"거기서 신발을 찾으면 어떻게 해? 그냥 뛰어야지. 그러니까 제일 많이 맞지."

1번에게 더는 계획 따위 없었다. 한참을 외양간에 쪼그려 앉아 있는데 어머니가 집으로 들어오라고 하셨다. 방 한가운데 밥상이 차려져 있었다. 밥과 국에 김이 모락모락 피어올랐고, 그 옆에는 갓 구운 달걀프라이까지 있었다. 모두 눈치를 보며 달걀프라이만 뚫어지게 쳐다보고 있는데, 때마침 어머니의 명령이 떨어졌다.

"밥 먹어."

한바탕 꾸지람을 들은 후 슬쩍슬쩍 어머니의 눈치를 살피는데, 말이 떨어지기가 무섭게 3번이 숟가락으로, 그것도 노른자만 파먹기 시작했다. 결국 3번은 한 번 더 쥐어박히고 말았다.

"잘 먹겠습니다."
"으이구~ 이놈아!"

그날의 진실을 규명하는 위원회가 이제야 발족했다.

-사건 보고서-
주동자: 1번, 2번
가담자: 3번, 4번, 5번
피해자: 3번

1번의 선견지명

무엇이든 앞서가는 1번은 단연 교육 분야에서도 두각을
나타냈다. 그녀는 초등학교 입학을 앞둔 4번을 데리고 교회
에 갔다. 그 당시 칠판이 있는 곳은 교회뿐이었다.

"너희 담임 선생님 이름은 박만석이야."
"박, 만, 석?"
"이게 '박'이라는 글자고 이건 '만', 또 이건 '석'이야."

1번은 칠판에 글자 세 개를 크게 쓰고 설명하기 시작했
다. 글자 쓰는 법, 읽는 법도 알려 주었다. 돌아보면 4번에게
이름 쓰는 법, 덧셈을 가르쳐 준 사람도 모두 1번이었다. 당
시 한글을 깨치고 입학하는 아이들이 없었으므로 입학 첫날
담임 선생님은 칠판에 자신의 이름을 크게 써 놓고 그것을
읽을 수 있는 아이에게 임시 반장을 시켰다. 동생들을 줄줄
이 입학시켜 본 1번이 이런 분위기를 모를 리 없었으며, 작
년 1학년 담임 선생님이 올해도 1학년을 맡으리라 확신하고
있었다. 학년당 한 반밖에 없는 작은 초등학교였기에 새로
운 일보다는 익숙한 일이 많았다.

"아까 너희 선생님 이름이 뭐라고 했지?"

"음~ 박만석."

"그래! 이게 무슨 글자야?"

"박!"

"그리고 이건?"

1번은 이렇게 중간중간 4번을 테스트했고, 완전히 숙지한 걸 확인한 후에야 끝났다. 집으로 돌아온 그녀는 곧 중학생이 될 자신은 영어 공부를 해야 한다며 카세트테이프를 틀었다. TV에서 녹음한 알파벳 송이었다. 하루에도 수십 번씩 1번 옆에서 같이 듣던 4번은 뜻을 알 수 없는 알파벳 송도 저절로 외워 버렸다.

하지만 4번의 입학식 날, 1번이 말한 것과 다른 상황이 벌어졌다. 담임 선생님은 남자가 아니라 여자 선생님이었고 칠판에 크게 쓴 이름도 박만석이 아니었다. 왜냐면 중간에 있는 글자 하나가 4번의 이름에도 들어가는 '영'이었기 때문이다.

"이 글자 읽을 수 있는 사람?"

"여… 영?"

1번과 연습한 대로 손을 번쩍 들어 앞의 두 글자를 자신 있게 읽어 냈다. 분명 4번의 이름 '영'을 배울 때 '여'를 배웠기에 확신에 차 있었다. 하지만 맨 마지막 글자를 도저히 읽을 수 없어 목소리의 끝을 흐리며 고개를 갸우뚱거렸다. 선생님의 이름은 '여영희'였다. 비록 두 글자밖에 읽지 못했지만, 선생님은 4번에게 그날 하루 임시 반장을 시키셨다.

거기에서 끝날 줄 알았는데, 1번의 선행 학습이 엉뚱한 곳에서 빛을 발하기 시작했다. 새 친구와 하교 도중 운동장에서 공기놀이하는 2학년 선배들을 구경했다. 그런데 갑자기 친구가 물었다.

"너 공기놀이 할 줄 알아?"
"아니."
"나는 할 줄 아는데…."

4번은 사귄 지 몇 시간이 채 되지 않는 친구에게 실망감을 준 것 같아 뜬금없는 도발을 했다.

"너 외국말 할 줄 알아?"

"외국말? 외국말?"

"응!"

"야! 너 외국말 할 줄 알아?"

공기놀이를 하던 2학년 선배가 불쑥 끼어들었다. 주변을 돌아보니 모두 동그란 눈으로 4번을 주시하고 있었다. 살짝 당황한 4번은 그동안 수백 번 불렀던 알파벳 송을 부르기 시작했다.

"에이 비 씨 디 이 에프 지, 에이취 아이 제이 케이 엘 엠 엔 오 피 큐 알 에스~"

"우와~~!"

"야! 한 번만 더 해 봐!"

"야~ 빨리 한 번만 더 해 봐."

1번 덕분에 슬기로운 학교생활의 문을 활짝 열게 되었다. 다음 날 4번이 복도를 지나는데, 어제 본 2학년 선배가 친구까지 데려와 알파벳 송을 불러 달라고 했다.

"야! 너 어제 그 외국말 다시 한번 해 봐."

"에이 비 씨 디 이 에프 지, 에취 아이 제이 케이…."

"봤지? 봤지? 정말 신기하지?"

2학년 선배는 데려온 친구에게 마치 4번이 자기 동생이라도 되는 듯 엄청 자랑스러워했다. 그리고 4번의 소문이 삽시간에 여기저기 퍼져 나갔다. 문구점 앞을 지날 때면 다른 선배들이 그녀를 불러 세워 외국말을 시켰고, 그 대가로 손에 캐러멜, 과자 등 간식을 잔뜩 쥐여 주었다. 이런 생활은 거의 한 달 가까이 지속되다가 점차 사라졌다.

한 달쯤 지나자 4번에게 외국말을 해 보라는 선배가 없었다.
그들도 하루에 수십 번씩 듣다 보니 저절로 외워졌나 보다.

호주에서 4번을 버리다

"호주에 놀러 안 오니?"

호주에서 유학 중인 1번의 제안에 4번이 솔깃했다. 한 번도 해외에 나가 본 적 없던 그녀는 어쩌면 한여름의 크리스마스를 보낼지 모른다는 생각에 들뜨기 시작했다. 1번을 보러 간다는 핑계로 부모님에게 비행기 표를 얻어낸 4번은 아르바이트로 모은 돈을 가지고 호주로 향했다.

4번이 생각했던 호주 여행은 바다에서 니모 같은 물고기 떼를 보며 수영하거나, 캥거루가 뛰어다니는 공원에서 비치타월을 깔고 여유롭게 책을 읽는 것이었다. 하지만 1번은 시드니 중심가의 한 초밥 가게에서 주 5일 일했고, 매일 아침 그곳으로 4번을 불러 도시락을 건네며 그날그날 다녀올 곳을 정해 주었다.

"오늘은 혼자 하버브리지에 가서 점심 먹고 와. 지도 잘 챙겼지?"
"오늘은 오페라 하우스에 다녀와. 지도 잘 챙겼지?"

"오늘은 버스 타고 돌고래 투어 다녀와."

처음에는 도보로 가능한 거리라 4번도 군말 없이 미션을 잘 수행했다. 심지어 버스를 타고 다녀오는 당일치기 투어도 무사히 다녀왔다. 그렇게 2주가 흘렀고 4번은 마지막 남은 미션을 받았다.

"너는 내일 비행기를 타고 케언스(호주 북부에 있으며 시드니에서 2,300킬로미터 떨어져 있음)로 갈 거야. 그리고 거기서부터 시드니까지 한 달 동안 혼자 여행하고 혼자서 다시 한국으로 돌아가야 해."

"혼자 비행기를 타고 간다고?"

"다들 그렇게 여행해. 그리고 숙소는 그레이하운드 버스가 서는 곳마다 게스트하우스 직원들이 나와서 호객할 거야. 거기서 아무거나 골라 체크인하고 머물면 돼. 절대로 울면 안 돼! 너를 도와줄 사람은 아무도 없어. 알았지?"

1번은 4번에게 한 달간 이용할 수 있는 그레이하운드 버스 패스와 비행기 표를 챙겨 주었다. 그날 밤 4번은 말로만 듣던 국제 미아가 되는 건 아닌지, 한국에 다시는 못 돌아가는 건 아닌지 온갖 두려움에 휩싸여 제대로 잠을 이룰 수 없었다. 그렇다고 이제 와서 1번에게 '나 자신이 없어'라고 말할 용기는 더더욱 없었다.

"혹시 무슨 일 생기면 꼭 전화하고, 공항에 도착하면 무조건 택시 타. 알았지?"
"아! 그리고 울지 말고. 알겠지?"
"그리고 여권이랑 항공권 항상 잘 챙기고…. 알았지?"
"버스 패스는 어디에 넣었어?"
"암튼, 꼭 전화하고. 잘 다녀와."

그때 1번은 이것저것 계속 당부하며 부모님보다 4번을 더 걱정하는 듯했다. 물론 상황은 조금 다르지만, 한국에서 호주로 올 때 부모님은 4번에게 그저 잘 다녀오라는 전화 한 통이 전부였다.

20킬로그램짜리 큰 배낭을 메고 공항 안으로 들어간 4번은 게이트가 닫히기 직전에 한 번 더 뒤돌아보았다. 1번은 그대로 서 있었고 눈이 마주치자 걱정스러운 듯 손을 살짝 흔들었다. 4번은 아무 걱정하지 말라는 듯 힘차게 손을 흔들고는 안으로 걸어 들어갔다. 그런데 이상한 건 케언스로 향하는 그 어떤 곳에서도 4번에게 말을 걸어오는 사람이 없었다. 심지어 심사대를 지날 때도 비행기 표와 4번의 얼굴을 번갈아 볼 뿐 그냥 통과시켜 주었다. 택시 모양의 그림과 글자를 따라 공항 밖을 빠져나오니 택시가 줄지어 서 있었다. 먼저 가이드 책을 펴서 기사에게 그날 머물 숙소 주소를 보여 주며 가자고 했다. 가는 내내 무수히 많은 생각이 스쳐 갔지만, 무사히 케언스 숙소에 도착했다.

숙소에 짐을 푼 뒤 1번에게 전화하러 가는데 그곳에 또래 한국 남자가 있었다. 그도 배낭여행 중이었으며 영어 실력 또한 형편없었다. 그곳에서는 그의 고려대학교 타이틀이 빛나지 않았다. 4번은 이 소식을 가장 먼저 1번에게 알렸고, 한국인을 만났다는 소식에 1번의 큰 안도감이 수화기 너머에서 전해졌다. 그 후 4번은 도시 한 곳 한 곳 이동할 때마다 1번에게 전화해 일어났던 모든 일을 미주알고주알 떠들었고, 우리는 서로 낯선 도시에서의 모습에 조금씩 익숙해져 갔다.

케언스 공항에서부터 4번에게 아무도 말을 걸어오지 않았던 데에는 1번의 넘치는 배려가 있었다.
비행기 표를 살 때 여행사 직원에게 미리 말해 두었기 때문이다.

직원은 4번의 비행기 표에
'SPEAKS LITTLE ENGLISH KOREAN'
(영어 한마디도 못 하는 한국인)이라고 써 주었다.

2번가(家)

모든 재산을 주다

초등학교 1학년에 갓 입학한 4번의 눈에는 언니들에게 물려 입은 옷, 졸업 때까지 써야 했던 책가방, 그 시절의 우산, 학교 운동장 그리고 6학년 선배까지 모두 커 보였다.

비가 내리는 월요일 아침이었다. 그날따라 강풍이 불어 몸을 제대로 가눌 수 없었다. 비바람을 맞으며 험난한 등굣길이 시작되었고, 커다란 우산을 쓰고 가는 4번의 뒷모습은 마치 무당벌레 한 마리가 엉금엉금 기어가는 것처럼 보였다. 그렇게 고군분투하는 4번 앞에 갑자기 강풍이 몰아치면서 들고 있던 우산과 함께 몸이 뒤로 밀렸다. 잠깐 멈칫 놀랐지만, 그녀는 조금 더 몸을 숙인 자세로 땅만 보며 앞으로 걸어갔다.

잠시 후 작은 웅덩이가 눈앞에 보여 살짝 고개를 들어 주변을 살피는데, 바로 그때 또 강풍이 몰아쳤다. 정면으로 맞은 강풍에 4번의 우산이 뒤집히고 몸도 덩달아 휘청거리더니 땅바닥에 엉덩방아를 찧었다. 놀란 그녀는 우산이 뒤집히면서 세상도 뒤집히는 줄 알았다. 공포감에 휩싸인 채 주변을 돌아보니 그녀를 향해 깔깔거리는 아이들이 보였고, 그 뒤로 멀리서 걸어오는 2번이 보였다. 얼른 일어나 내리는 비를 맞으며 2번에게 달려갔다. 뒤집힌 우산을 질질 끌고 울면서 뛰어오는 4번을 보자 2번이 놀란 듯 물었다.

"왜 그래? 누가 이랬어?"
"나, 나, 나…. 학교 못 가겠어."
"아니, 누가 그랬냐고?"
"바, 바람에 우산이 뒤집혔어."

서러움과 두려움이 북받쳐 말도 제대로 잇지 못하는 그녀를 2번이 달래기 시작했다. 6학년이었던 2번은 뒤집힌 우산을 허공에 대고 세게 내려쳤지만, 처음처럼 펴지지 않았다. 이미 망가진 우산을 길가에 던지며 2번이 말했다.

"괜찮아! 그래도 학교는 가야지."
"우산이 뒤집혔는데 어떻게 학교에 가?"

갑자기 옆에 있던 2번의 친구들 사이에서 피식 웃음이 터져 나왔다. 2번은 전혀 개의치 않고 주머니 깊숙한 곳에서 뭔가를 꺼냈다. 바로 100원짜리 동전이었다.

"자! 만약 집에 올 때도 비 오면 이 돈으로 버스 타면 돼. 그리고 지금은 언니랑 같이 쓰고 가자. 알겠지?"

4번은 동전 하나에 모든 상황이 해결되는 것 같았다. 그리고 2번과 함께 무사히 등교했다.

용돈이라는 게 없었던 그때.
분명 2번은 누군가에게 받은 그 돈을 아끼고 또 아껴
오랫동안 주머니에 간직해 왔을 것이다.

동생을 향한 시혜적인 2번의 모습이 영원히 변하지 않길 바라
본다.

학폭을 신고할 수 없었던 2번

사촌의 결혼식을 맞아 온 가족이 모였다. 식사가 무르익어 갈 즈음 2번이 어린 시절의 흑역사 하나를 털어놓았다.

중학교 3학년 때, 2번이 친구들과 읍내 목욕탕에 갔다. 코너를 돌아 목욕탕에 들어가려는데 또래 여학생 세 명이 쳐다보고 있었다. 우리 쪽은 다섯 명, 상대는 세 명이었다. 일단 쪽수로 밀리지 않는다는 자신감에 먼저 선방을 날렸다.

"뭘 봐?"
"왜 봐?"
"자꾸 봐?"
"또 봐?"
"계속 봐?"

당시 유행하던 쌍쌍바, 수박바, 스크류바 같은 '봐' 라임으로 차례대로 상대를 약 올린 뒤 목욕탕으로 들어가 버렸다. 그런데 실컷 목욕을 끝내고 나오니 입구에 자신들을 기다리는 여중생이 세 명에서 일곱 명으로 불어나 있었다. 쪽수만 믿고 밀어붙였다가 역공을 맞은 것이다.

"열중쉬어!"
"차렷!"
"열중쉬어!"
"차렷!"
"앉아!"
"일어 서!"

일곱 명의 무리로부터 얼차려 명령이 반복되었고, 급기야 그들은 줄지어 차례대로 주먹으로 2번 친구의 가슴팍을 한 대씩 치며 말했다.

"까불지 마라!"
"앞으로 조심해라!"
"눈에 띄지 마라!"

정말이지 굴욕적인 목욕탕 투어였다. 하지만 며칠이 지나고 2번은 더 절망적인 사실을 마주하게 되었다. 자신을 때린 일곱 명이 2번보다 두 살이나 어린 읍내 여중생이었다는 것.

당시 2번은 중학교 3학년, 상대는 중학교 1학년으로 밝혀졌다.

"지금도 늦지 않았으니 학폭 운동에 참여해 봐?"
"안 돼! 나보다 어린 애들한테 맞은 게 부끄러워서라도
 신고 못 해."

눈치는 없지만, 눈썰미는 대박

2번이 남사친(남자 사람 친구)을 데려왔다. 키도 크고, 인상도 아주 착해 보였다. 평소 요리를 잘 하지 않던 그녀가 요리를 했다. 2번의 남사친은 누가 먹어도 맛없는 음식을 크게 떠서 입에 넣으며 열심히 먹었다.

모두 둥근 밥상에 둘러앉아 밥을 먹는데, 4번과 5번은 맛있게 먹는 그가 신기할 따름이었다. 그러면서 틈틈이 2번의 눈치도 살폈다. 며칠 전 2번과 대차게 싸운 1번은 아무 일 없었다는 듯 그에게 제대로 된 손님 대접을 해 주었다. 과일도 깎아 주고, 분위기가 어색하지 않게 싹싹하게 말도 걸어 주었다. 덕분에 그도 편해진 듯 이런저런 이야기를 하기 시작했다. 그런데 그는 눈치가 좀 없었다.

우리 자매는 서로 닮았다는 말을 가장 싫어한다. 차라리 내가 좀 더 못생겨도 좋으니 서로를 구분해 주는 말을 더 좋아한다. 서로 닮았다는 말은 '저 몹쓸 단점이 똑같아'라는 소리로 들린다.

"2번과 4번이 닮았어요."

"뭐? 내가 4번처럼 저렇게 피부가 더러워?"
"내가 2번처럼 저렇게 뚱뚱해?"

늘 이런 식이었다. 그런데 그때 남사친이 던진 뜬금없는 한마디에 1번과 2번의 표정이 굳어졌다. 좋았던 분위기를 어떻게든 망치지 않기 위해 둘 다 가식적인 미소만 짓고 있었다. 이런 분위기를 전혀 눈치채지 못한 그는 자기 말을 조금 더 구체화해 나갔다.

"1번과 2번은 참 많이 닮은 것 같아요."
"글쎄요? 그런 것 같지 않은데…."
"특히 1번과 2번 눈이 진짜 많이 닮았어요."

정말 대박이었다.
1번과 2번은
같은 날, 같은 병원에서 같은 의사에게 쌍꺼풀 수술을 받았다.

3번가(家)

우리 형

어느 날, 5번이 어머니한테 물었다.

"엄마, 내가 1번, 2번, 4번을 뭐라고 불러야 해?"
"누나라고 불러야지. '누나야~'라고 불러."
"그럼 3번은 뭐라고 불러?"
"형이라고 불러야지. '형아야~'라고 불러."

하필이면 그 대화가 4번의 귀에 콕 박혔다. 그 후 4번은 어머니에게 묻지도 않고 5번과 함께 3번을 형이라고 불렀다.

"형아! 형아! 어디가?"

"너는 형 아니라고! '오빠'라고!"

"엄마가 형이라고 부르라고 했어. 맞지, 5번?"

"응, 맞아!"

옆에 있던 5번이 고개를 끄덕이며 말했다.

"형아! 어디가?"

"학교 간다."

3번은 가방을 챙겨 1번과 2번을 따라 학교에 갔다. 일곱 살과 다섯 살이었던 우리는 매일 아침 학교 가는 3번을 부러운 눈길로 바라보았다. 그런데 그때 4번이 미처 전하지 못한 말이 떠올라 큰 소리로 말했다.

"형아! 꼭 달걀 남겨 와!"

"알았다~"

4번이 부르는 호칭에는 꽤 못마땅한 듯 표정을 지었지만, 3번의 대답에는 힘이 들어가 있었다.

당시 급식을 했던 학교에서 매일 삶은 달걀이 하나씩 나왔다. 그러나 3번은 그걸 먹지 않고 늘 우리를 위해 남겨 왔다. 매일 아침 3번이 학교 가는 모습을 보고 부러웠던 이유다. 그날도 어김없이 3번은 달걀을 가져왔고, 가방을 내려놓자마자 우리 앞에 껍질이 깨지지 않은 매끈한 달걀을 내밀었다. 먼저 3번이 쥐고 있던 달걀을 자기 머리에 톡 소리를 내며 살짝 내려쳤다. 깨지지 않았다. 다시 4번이 건네받아 자기 머리에 톡. 하지만 또 깨지지 않았다. 마지막까지 기다리던 5번이 더 세게 자기 머리에 톡. 곧바로 툭 소리가 났다. 셋은 깨진 달걀을 보며 낄낄거리며 웃었다. 그러면 3번은 우리가 보는 앞에서 조심조심 껍데기를 까기 시작했다. 하나하나 벗겨져 나오는 달걀 껍데기를 숨죽이며 지켜보았다. 흰 속살을 드러낸 달걀이 반들반들하게 벗겨진 날도 있지만, 그렇지 못한 날이 더 많았다. 그럴 때마다 3번은 울퉁불퉁한 달걀을 반으로 잘라 우리에게 똑같이 나눠 주고, 자기는 껍질에 묻은 흰자를 떼어 먹었다. 5번은 달걀 반쪽을 한입에 털어 넣었고, 4번은 조금씩 베어서 아껴 먹었다.

"언니~ 언니~"
"언니 아니라고! 너는 '누나'라고 불러야지."

한때 3번도 2번을 따라 1번을 저렇게 불렀다고 한다.

자전거 탄 우산

전날 밤 일기 예보에서 비 소식이 있었다. 어머니는 4번에게 집에 우산이 모자라니 혹시 하교할 때 비가 내리면 버스를 타고 오라며 100원을 주었다. 점심때가 지나니 빗방울이 점점 거세지면서 2학년 교실이 술렁거리기 시작했다. 간간이 우산을 갖다주러 오신 부모님도 있었지만, 대부분은 비를 홀딱 맞으며 집으로 가야 했다.

우산이 없는 아이들을 위해 선생님은 어디선가 비닐 포대를 구해 오셨다. 그러고는 직사각형 포대 한쪽 면을 잘라 고깔 모양의 비옷을 만들어 주었다. 양쪽 끝을 잡고 가면 우산 역할을 충분히 할 수 있었다. 4번은 교문을 나와 대기 중이던 버스를 지나쳐 곧장 문구점으로 향했다. 버스비로 받은 100원으로 50원짜리 깐도리 아이스크림을 샀다.

'남은 50원은 내일 또 사 먹어야지.'

4번은 비 오는 날에 아이스크림을 먹으며 걸어갔다. 한참을 걸어가는데 누군가 자전거를 타고 앞을 지나갔다. 3번이었다. 힐끗 마주친 시선에서 서로 엇갈린 반응이 나왔다. 4번은 아주 반가웠지만, 그의 눈에는 버스는 안 타고 이상한 비닐 포대를 쓰고 걸어가는 4번이 전혀 달갑지 않은 눈치였다.

"아침에 엄마가 버스비 줬잖아?"
"버스를 놓쳤어."

4번의 거짓말을 모를 리 없는 3번은 고개를 절레절레 저으며 거칠게 자전거 페달을 밟아 내달리기 시작했다. 하지만 4번의 걸음은 비처럼 더 길게 늘어져 갔다. 아이스크림을 먹어서인지 고깔을 잡고 있던 손이 점점 시렸다. 중간중간 3번처럼 비를 맞으며 내달리는 자전거들을 보았지만, 비닐 고깔을 쓰고 걸어가는 사람은 아무도 없었다.

중간쯤 왔을 때 반대편에서 빗속을 가르며 달려오는 자전거 한 대가 있었다. 3번이었다. 그는 4번에게 자전거 뒷좌석에 꽂힌 우산을 주며 말했다.

"이거 쓰고 와."

그러고는 유유히 사라졌다. 그는 집으로 가자마자 우산을 가지고 다시 4번에게 온 것이다. 우산을 받아 든 4번은 고깔을 버리고 신나게 또 걷기 시작했다. 중간중간 신고 있던 장화의 성능을 시험해 보려고 길가 웅덩이를 골라 들어갔다 나오기를 반복하며 혼자만의 여름 낭만을 즐기고 있었다. 그렇게 느릿느릿 가는 데 멀리서 누군가의 따가운 시선이 느껴졌다. 고개를 들어보니 3번이 소리치고 있었다.

"뭐해? 빨리 안 오고!"

한쪽 다리는 자전거에 걸친 채 비를 맞고 서 있는 그를 향해 4번은 그제야 뛰기 시작했다.

3번은 겉은 까칠하지만 속은 다정한 어른으로 성장했다.
4번은 겉은 다정하지만 속은 까칠한 어른과 결혼했다.
PPL 타임, 『오이 부부, 그냥 좋다』.

우리 집 메리

"건강하게 잘 자라거라."

어머니가 장바구니에 강아지 한 마리를 데려왔다. 어찌나 앙칼진지 녀석은 근처에 가기만 해도 으르렁거렸다. 그러고는 몸을 부들부들 떨었다. 어머니는 강아지를 꺼내 안고 싶었지만, 겁먹은 녀석이 자꾸 으르렁거리는 바람에 결국 바구니 채 들고 부뚜막 앞에서 녀석의 건강과 안위를 기원했다.

메리 크리스마스 외에 크게 떠오르는 영어 단어가 없었던 3번이 '메리'라는 이름을 지어 주었다. 메리는 금세 적응했고, 더는 우리에게 으르렁거리지 않고 복슬복슬한 털을 만지게 해 주었다. 할머니는 '메리'라는 발음이 낯설어서 그런지 자꾸만 '워리'라고 불렀다.

"워리~ 워~리, 밥 묵자!"

그런데도 녀석은 귀신같이 알아듣고 달려와 꼬리를 흔들며 밥을 먹었다. 메리는 아주 잘 자라다 못해 너무 잘 자라

동네 싸움짱이 되었다. 그 어떤 개들도 우리 메리를 이기지 못했다.

어느 날 옆 동네 개가 넘어오면서 메리와 영역 싸움이 벌어졌다. 단연 메리가 이길 줄 알았던 우리는 싸움을 대수롭지 않게 여겼다. 하지만 예상과 달리 싸움이 커졌고, 개싸움이 혈전으로 이어졌다. 심지어 메리가 밀리기까지 했다. 차마 그 광경을 지켜볼 수 없었던 3번이 긴 막대기를 들고 도랑으로 들어갔다. 두 마리를 서로 떼어 놓으려고 상대편 개를 툭툭 치며 조금씩 다가갔다. 그런데 그 개가 갑자기 3번을 공격했고, 그는 도랑에 미끄러지듯 주저앉고 말았다. 그때였다. 어디선가 더 긴 막대기를 든 어머니가 나타나 메리든 어떤 개든 상관없이 휘둘렀고 그제야 모든 싸움이 끝이 났다.

어머니가 다급히 3번을 안고 도랑 밖으로 나왔지만, 그의 종아리에서 피가 흐르고 있었다. 개에게 물린 것이다. 엉망진창이 된 메리도 그의 곁에서 계속 낑낑거렸다. 다행히 우리 집 바로 앞 '엎어지면 코 닿을 거리'에 보건소가 있었다. 그곳에서 응급 처치한 후 읍내로 가서 몇 바늘 꿰매고 돌아온 3번은 몇 주간의 통원 치료까지 잘 마쳤으나 영광의 흉터는 피할 수 없었다.

몇 년 후, 가정 형편이 더 어려워진 우리는 더는 메리를 키울 수 없게 되었다. 그날 개장수 오토바이에 실려 가는 메리를 보면서 3번은 엉엉 울며 마당에 남겨진 목줄과 밥그릇을 정리했다. 그런 마음이 메리에게도 닿았는지 몇 분이 채 지나지 않아 메리가 기적처럼 돌아왔다. 하지만 뒤이어 개장수도 따라왔다. 그가 잠깐 화장실에 간 사이에 메리가 탈출한 것이다. 돌아온 메리는 3번을 보자 좋아서 어쩔 줄 몰라 했다.

역시 우리의 메리, 3번의 메리였다.

만약 과거로 돌아갈 기회가 생긴다면, 그때로 돌아가고 싶다.
8만 원을 쥐고 돌아가 절대 메리를 팔지 않을 것이다.

박말분을 만나다

2년 전 일이다. 3번의 차 안에서 자꾸 고양이 울음소리가 났다. 아무래도 추운 날씨 탓에 고양이가 주차된 자동차 안으로 들어온 듯했다. 그날 밤 3번은 일부러 차를 지하 주차장이 아닌 야외 주차장에 두었다.

다음 날 아침, 출근길에 나선 3번은 전날 인터넷에서 읽은 대로 일부러 차를 툭툭 치고, 차 문을 세게 닫고 쿵쿵거리며 유난을 떨었다. 다행히 차는 평소처럼 조용했다. 그제야 3번은 시동을 걸고 출근길을 달렸다. 그러다가 신호 대기 중 잠시 정차했는데 다시 어딘선가 고양이 울음소리가 들렸다. 여전히 고양이가 자신과 같은 공간에 있다는 불길한 신호였다. 고양이 위치를 정확히 알지 못한다는 것과 어딘가에 아슬아슬하게 매달려 있을지 모른다는 생각에 곧장 정비소로 향했다. 자초지종을 설명한 후, 차를 맡기고 출근했다. 몇 시간 후 정비소에서 연락이 왔다.

"고객님, 말씀하신 대로 엔진 쪽에 고양이가 있습니다."
"아, 고양이요."
"네, 근데 새끼 고양이네요. 보통 엔진 쪽에 있는 고양이는 살아남기 힘든데, 얘는 몸집이 작아서 용케 살아남았네요."

"아, 네…."

"언제 오시겠습니까?"

"이따 오후에 방문하겠습니다."

고양이를 한 번도 키워 본 적 없는 3번은 근심 반 걱정 반으로 정비소에 도착했다. 그런데 그때 오이 상자 뚜껑 사이로 고개를 비쭉 내밀고 있는 새끼 고양이와 눈이 마주쳤다. 자신도 모르게 내민 손가락을 얼굴에 갖다 대자 고양이가 몸을 비비기 시작했다. 그 순간 3번의 마음이 완전히 녹아 버렸다. 그리고 자신에게 절반쯤 넘어온 3번에게 고양이가 마음 굳히기 작전에 들어갔다.

"야옹~ 야옹~"

그날 고양이를 담은 상자를 유심히 보던 3번이 뭔가를 발견했다. 고개를 내민 오이 상자 뚜껑에 '생산자명: 박말분'이라고 쓰여 있었다. 마치 새끼 고양이의 이름표처럼 보였다. 그 자리에서 이름까지 지은 3번은 고양이를 집으로 데려왔고, 모든 가족이 새끼 고양이를 보며 좋아서 어쩔 줄 몰라 했다. 그렇게 지금까지 우리의 말분이는 잘 자라고 있다.

이 일을 계기로 3번은 보신탕집 고객이 될 뻔한 길고양이 한 마리를 더 데려와 '달분이'라고 이름 지었고, 최근에는 시골길에 버려진 뱅골 고양이까지 데려와 '복분이'라는 이름을 지어 주었다.

말분, 달분, 복분이는 현재 3번의 집에 거주하고 있다.
모두 잘 자란 것은 사실이나 바르게 자란 것 같지는 않다.
매일 싸우다가 혼나는 모습만 목격되고 있다.

4번가(家)

보물 지도가 생기다

*이 기록은 당시 8세, 9세였던 1번과 2번의 기억으로 작성
되었다.

"4번의 배에는 보물 지도가 숨겨져 있어."

어릴 적 1번과 2번이 4번에게 자주 했던 말이다.

그날은 연중행사 중 하나로 어머니가 가마솥에 물을 끓여
큰 고무대야에서 우리를 차례대로 목욕을 시켰다. 태어난

지 몇 개월 되지 않은 5번을 등에 업고 어머니는 1번과 2번을 먼저 목욕시킨 뒤 안방에 TV를 켜 주며 말했다.

"4번 잘 봐!"

그러고는 곧바로 3번을 목욕시키러 가셨다. 방안에는 1번과 2번 그리고 돌이 지난 4번이 있었다. 목욕한 뒤 나른해진 1번과 2번은 몽롱한 상태로 TV에 빠져들어 4번을 돌봐야 한다는 사실을 잊어버렸다. 그저 한 번씩 4번에게 시선을 보냈는데, 그건 그녀가 TV 앞을 얼쩡거리며 화면을 가렸기 때문이다.

"4번 저리로 가! 지지야~!"

기저귀만 차고 있던 4번은 한 번 더 화면 앞을 서성이더니 다시 반대편 선반으로 이동했다. 그 선반 위에는 뜨거운 보리차 주전자와 할머니가 약을 드시려고 대접에 따라놓은 물이 있었다. 단순히 4번만 잘 보면 된다는 어머니의 말을, 글자 그대로 해석한 1번과 2번은 4번의 움직임을 그냥 지켜보고만 있었다.

4번은 점점 옆으로 이동하더니 김이 모락모락 나는 물에 호기심이 발동했는지 덥석 집었다. 그러면서 주전자를 안고 같이 넘어졌다. 혼비백산한 4번은 세상 떠나갈 듯 울기 시작했고 그제야 1번과 2번은 큰일이 벌어졌음을 실감했다. 몸 전체가 빨갛게 달아오른 4번은 숨 쉬는 것조차 버거워 보였고, 어머니는 4번의 살에 붙은 기저귀부터 조심스럽게 떼어냈다. 뒤에서 말없이 지켜보던 할머니가 파리해진 얼굴로 잠시 기다리라는 신호를 주고는 호미와 빨간 대야를 가지고 앞뜰로 나가셨다. 황급히 돌아온 할머니의 대야에는 붉은 흙과 엄청난 양의 토끼풀이 담겨 있었다.

할머니는 먼저 진흙을 4번의 가슴과 배에 바르기 시작했다. 그런 다음 뜯어 온 토끼풀을 돌에 빻아 진흙을 거둬낸 몸에 발랐다. 그러고는 다시 뜰로 나가 큰 토란 잎을 꺾어와 4번의 배를 덮었다. 그렇게 응급 처치를 한 뒤 병원으로 옮겼다. 그 시절에는 병원이 가까웠던 것도 아니고, 꾸준히 병원 치료를 받을 만한 형편도 아니었다. 병원은 그날 다녀온 게 처음이자 마지막이었으며, 4번은 그저 할머니의 민간요법으로 화상을 치료했다.

지금 4번의 배에는 보물 지도가 존재하지 않는다.
그때의 화상 자국은 온데간데없으며
미처 신경 쓰지 못했던 팔에만 소금 남아 있을 뿐이다.
만약 할머니가 이 민간요법을 제대로 기록해 놓았더라면
진짜 집안의 보물 지도가 되었을 것이다.

크리스마스 선물

일곱 살 때, 대청마루 한가운데 큰 거울이 하나 걸려 있었다. 거울 맨 위에는 기증자의 이름이 흰 글씨로 쓰여 있으며, 어른들의 키에 맞춰 걸어 놓은 탓에 키가 작은 3번, 4번, 5번은 마루 끝에서 까치발을 해야 눈과 코까지 볼 수 있었다. 이상하게 들리겠지만 그때까지만 해도 4번은 자기 얼굴을 제대로 본 기억이 없었다. 그래서 누구보다 해맑고 행복했는지도 모르겠다.

해마다 크리스마스가 되면 동네 교회에서 산타클로스와 몇몇 청년이 새벽송(성탄절 새벽에 교인들 가정을 돌면서 성탄을 축하하는 노래를 부르며 아기 예수의 탄생 소식을 전하는 일)을 돌며 어린이들에게 선물을 나누어 주었다. 4번은 산타클로스를 직접 보고 싶었지만, 매번 잠을 이기지 못해 실패하고 말았다. 그날 밤에는 어머니에게 무조건 깨워 달라고 신신당부하고 잠이 들었다.

"4번! 4번! 산타클로스가 왔어! 얼른 일어나!"

어머니의 속삭이는 목소리에 번쩍 눈이 떠졌다. 비몽사몽

간에 방문을 열고 밖을 나갔다. 산타클로스가 반가운 듯 미소를 지으며 내복 차림의 4번을 위해 노래를 불렀다. 마치 꿈을 꾸는 듯 눈앞에서 산타를 만난 4번은 이미 넋이 반쯤 나가 버린 상태였다. 뒤에서 지켜보던 어머니가 살짝 등을 떠밀어서 한 발짝 앞으로 다가가긴 했지만, 여전히 몽롱한 상태였다. 산타가 내민 빨간 선물과 얼굴을 번갈아 보며 조심조심 앞으로 다가가 선물을 받고서야 결코 꿈이 아님을 깨달았다. 산타는 기특하다는 듯 4번의 엉덩이를 토닥토닥 두들겨 주었다. 그날 밤 그렇게 선물을 품에 안고 다시 잠이 들었다.

부스럭부스럭 비닐 구기는 소리에 눈을 번쩍 떴다. 5번이 4번의 크리스마스 선물을 만지작거리고 있었다. 5번의 손에서 냉큼 선물을 빼앗아 뜯어 보았다. 오렌지색으로 된 작은 거울과 빗 세트가 들어 있었다. 조금 의아하다는 듯 혼잣말을 했다.

"나한테는 머리를 빗겨 줄 미미 인형도 없는데 왜 거울과 빗을 줬을까?"
"너한테 주는 거야! 앞으로 거울 보면서 머리 좀 단정하게 빗고 다니라는 뜻이야."

옆에서 지켜보던 2번이 한심하다는 듯 말했다. 그 말을 듣고 4번은 생애 처음으로 거울에 비친 자기 얼굴을 제대로 보았다. 그녀의 모습은 미미 인형 같은 모습이 아니라 금방 잠에서 깬 부스스한 처키(영화 〈사탄의 인형〉에 나오는 주인공 인형)에 가까웠다.

"Oh, My Gosh!!!"

원래 4번의 머리는 길었다.
어느 날 5번이 껌을 뱉지 않고 자는 바람에
그 껌이 옆에 자던 4번의 머리카락에 엉겨 붙었다.
하는 수 없이 그녀는 짧게 머리를 잘라야만 했다.
어쩌면 그 일로 4번은 거울을 (못 본 게 아니라) 안 본 것일 수도 있다.

그때의 우리

우리 중 누구도 수학여행이나 야영 가서 부모님에게 잘 도착했다는 전화를 하지 않았다. 집을 떠나는 일이 익숙했던, 이사를 열 번 넘게 했던, 주말 부부가 아닌 주말 자녀였던, 일이 있을 때만 전화했던, 진짜 무소식이 희소식이었던 우리였기 때문이다.

4번이 중학교 2학년 때 수학여행을 갔다. 휴게소에 내리자마자 친구들이 모두 공중전화 앞에 줄을 섰다. 친구들과 따로 떨어지고 싶지 않았던 4번도 얼떨결에 줄을 섰다. 친구들이 저마다 다정한 목소리로 엄마와 통화를 했다.

"엄마~ 지금 추풍령휴게소에 도착했어. 멀미는 안 했고, 간식으로 오징어튀김도 먹었어."
"엄마! 여기 휴게소인데 엄마한테 전화하려고 친구들이랑 내렸어."

4번의 차례가 되었다. 친구들이 옆에서 지켜보는 가운데 그녀는 속으로 제발 아무도 전화를 받지 않길 바랐다. 신호음이 몇 번 울리더니 '딸깍' 소리와 함께 수화기 너머에서 어머니 목소리가 들려왔다.

"여보세요?"

"엄마?"

"그래, 왜 전화했어?"

"…"

어머니는 수학여행 간 아이에게 혹시 무슨 일이 생긴 줄 알고 조금 놀라신 듯했다. 하지만 놀란 어머니의 목소리보다 지켜보는 친구들의 시선이 더 신경 쓰였던 4번은 애써 태연한 척 말했다.

"엄마! 여기 추풍령휴게소야."

"어… 그래. 그런데 왜?"

어머니의 '왜'라는 물음에 4번은 당황한 듯 침을 꼴깍 삼키며 친구들의 눈치를 살폈다. 때마침 수화기 너머 어머니의 목소리가 다시 들려왔다.

"아, 잘 도착했다고?"

"웅! 그거야, 엄마! 이만 끊을게!"

혹시 친구들이 눈치라도 챌까 봐 4번은 얼른 수화기를 내려놓았다.

결혼 후 신혼여행지에 도착한 남편이 어머니에게 전화를 드리자고 했다.

"우리 집은 그런 분위기 아니거든."
"아니, 궁금해하지 않으실까?"
"아니야, 내일 2번한테 전화하면 돼."

다음 날 2번은 전화를 받자마자 이렇게 말했다.

"안 그래도 엄마가 너 잘 도착했는지 엄청 궁금해하시더라.
빨리 전화드려."

이제는 매일 전화를 드려도 어머니는 '왜'라고 묻지 않으신다.
오히려, 전화하지 않으면 궁금해하신다.

동안의 비밀

4번과 1번은 꽤 오랜 시간 함께했다. 사실 2번, 3번, 5번이 출가하고 취업하면서 둘만 남겨진 것이다. 남들 눈에는 '골드 미스' 또는 '멋진 싱글'로 비쳤지만, 집안에서는 '시집 못 간 딸' 또는 '못난 싱글'이었다.

1번은 마라톤이나 단소 배우기 등 취미 활동까지 하느라 늘 바빴다. 매일 아침 일찍 집을 나서 밤늦게 돌아왔다. 1번 앞으로 온 택배나 가스 점검 같은 것은 늘 4번이 1번인 것처럼 서명했다. 어느 나른한 아침, 빈집에 인터폰이 울렸고 4번은 뒤척이다가 일어났다.

"누구세요?"
"가스 점검 나왔습니다."

현관문을 사이에 두고 4번은 외모 점검을, 반대편 여자는 가스 점검을 위해 서 있었다. 현관 앞, 4번은 거울을 보며 후드티 모자를 뒤집어쓴 뒤 빼꼼히 문을 열었다.

"안녕하세요?"

"네~ 안녕하세요?"

"이시영 씨 맞으세요?"

"아, 네!"

그녀는 1번의 이름을 말했지만, 4번은 의례적인 절차인 것을 알기에 늘 그렇듯 태연하게 1번인 것처럼 대답했다. 그런데 그날은 웬일인지 그녀가 뭔가 미심쩍다는 듯 한 번 더 4번의 얼굴을 살폈다. 가스 점검 내내 한 번씩 4번을 힐 끗힐끗 쳐다보기도 했다. 도둑이 제 발 저린다고 했던가. 4 번은 이 상황을 빨리 모면하고 싶은 마음에 냉장고를 뒤적 거렸다. 그리고 때마침 점검을 마친 그녀에게 주스를 하나 건넸다.

"저기, 여기."

"어머, 잘 마실게요. 여기 본인 서명란에 사인하시면 돼요."

"아, 여기요?"

4번은 1번의 이름을 크게 썼다. 4번에게서 전자펜을 건네 받은 그녀는 다시 한번 4번의 얼굴을 살피면서 옆구리에 맨 가방에 펜을 찔러 넣었다. 그러고는 한마디 덧붙였다.

"그런데 진짜 동안이시네요?"

"네?"

"저도 같은 72년생인데, 진짜 저보다 몇 년은 더 어려 보이세요."

"아, 네…. 감사합니다."

실제로 1번과 4번은 여섯 살 터울이지만, 이제 와 진실을 밝히자니 모든 게 복잡하고 애매했다. 그렇게 4번은 끝까지 1번인 듯 연기하며 신발 신는 그녀를 배웅했다. 신발을 다 신은 그녀는 거울에 비친 자신과 4번의 모습을 은근슬쩍 번갈아 보았다.

"감사합니다. 안녕히 가세요."

"네~ 안녕히 계세요."

당시 1번은 자신을 '아주머니'라고 부르는 호칭에
전혀 놀라는 기색이 없었다.
다만 가끔 '어머니'라고 부르는 호칭에는
적잖은 충격을 받곤 했다.

5번가(家)

가마솥 도시락

4번이 일곱 살, 5번이 다섯 살 때의 일이다. 맞벌이하던 어머니는 아침마다 분주하셨다. 삼 남매를 등교시키고 나면 가마솥 뚜껑을 열어 4번에게 그날 먹을 점심을 보여 주셨다.

"우와~ 소시지다!"
"그래, 엄마가 맛있는 거 많이 해 놓았으니까 이따가 동생 잘 챙겨서 밥 먹어."
"웅! 알았어."
"잘 봐! 이건 국이고, 물은 냉장고에 있으니까 먹고. 남기지 말고 다 먹어! 알았지?"

"그래~"
"엄마 갔다 올게."

어머니는 아직 어린 두 아이를 떼어 놓고 일터로 향하는 무거운 마음을 맛있는 점심으로 대신하는 것 같았다. 분명 조금 전 아침을 먹었는데도 평소 구경하지 못했던 음식이 눈 앞에 있으니 금방 배가 고파지는 것 같았다. 어머니가 출근 하자마자 우리는 가마솥 주변을 맴돌며 뚜껑 열고 닫기를 반 복하다가 가끔 접시에 삐져나온 음식을 떼어 먹기도 했다. 그러다 그 맛을 못 이겨 둘이 합의하기 시작했다.

"우리 하나만 꺼내서 반반 나눠 먹을까?"
"그래, 좋아!"

이렇게 시작된 가마솥 도시락은 제때 먹어 본 적이 거의 없었다. 어떤 날에는 일부러 아침을 적게 먹거나 건너뛰곤 했는데, 그럴 때마다 어머니는 평소보다 더 많은 양을 해 놓 고 가셨다. 문제는 9시나 10시쯤이면 모두 먹어 버려서 오후 5시가 될 때까지 쫄쫄 굶어야 했다.

동네 친구들과 한참 놀다가 점심때가 되면 저마다 엄마들 이 부르는 소리에 하나둘 떠나갔고, 그제야 우리도 가마솥 앞으로 돌아왔다. 남은 밥에 국을 말아 먹거나, 간장을 넣어 비벼 먹곤 했다. 5번은 번번이 간장 국물을 떨어뜨려 주변을 더럽혔다. 그래서 나중에는 어머니가 아예 간장을 따로 덜어 놓고 가셨다.

가끔 친구 집에서 점심을 얻어먹을 때가 있었는데 우리가 온종일 굶은 아이들처럼 밥을 많이 먹자 친구 어머니가 의아한 표정으로 물었다.

"너희 엄마는 점심을 안 챙겨 놓고 가셨니?"
"네."

이미 다 먹어 버렸다고 대답하면 밥을 그만 먹으라고 할 것 같아 순간적으로 거짓말을 했는데, 그 거짓말이 들통나기까지 그리 오래 걸리지 않았다. 우리는 어머니에게 된통 혼이 났고, 그 이후 많은 것이 바뀌었다. 친구 어머니는 더는 우리에게 밥을 주지 않았고, 점심때가 되면 이렇게 말씀하셨다.

"너희도 이제 집에 가서 점심 먹고 다시 와서 놀아~"

우리 또한 되도록 점심시간에 맞춰 밥을 먹으려 했고, 맛있는 반찬도 조금씩 남겨 놓았다.

하루가 너무 길고 지루했던 그때,
가마솥 도시락은 우리에게 큰 위안과 기쁨이 되어 주었다.

부러움은 우리의 몫, 부끄러움은 그대의 몫

5번이 초등학교에 입학할 때, 4번이 몰래 1학년 교실에 찾아가 구경한 적이 있다. 집안에서의 5번은 제법 귀엽고 잘생긴 편이었으나, 교실 안에서는 그의 귀여움도 잘생김도 묻혀 버렸다. 방과 후 4번은 아직 가방 정리와 알림장 기록이 서툰 5번을 위해 그의 교실을 찾았다. 이것저것 정리하는데 5번의 담임 선생님이 4번을 따로 부르셨다.

"이거 지난달 육성회비 거스름돈인데, 어머니 갖다 드려."

선생님이 주신 하얀 봉투 안에는 1,000원짜리 한 장이 들어 있었다. 만약 그 봉투 안에 5,000원 또는 1만 원이 있었다면 몇 번이고 다시 확인하면서 고스란히 어머니에게 갖다 드렸을 것이다. 하지만 1,000원이 전부였다. 교문을 나와 문구점을 지나는데, 5번이 자꾸 1,000원을 한 번 더 보고 싶다고 했다. 못 이기는 척 봉투에서 돈을 꺼내 확인시켜 주었는데, 돈을 보니 그 순간 4번은 집에 걸어가기 싫어졌다. 대기 중이던 버스에 시동이 걸리자 마음이 더 급해졌다.

'그래, 어차피 버스를 타려면 잔돈이 있어야 하고, 문구점 아저씨도 잔돈을 거저 바꿔주지 않으니까 뭔가 사야만 해.'

생각이 거기까지 미치자 줄곧 멈춰 있던 4번의 머리가 뺑글뺑글 돌아가기 시작했다.

"5번! 우리 이 돈 다 써 버리자. 선생님한테는 엄마한테 드렸다고 하면 그만이니까."
"그래!"

본래 허약 체질인 건지 지금까지 알 수 없어도, 땀을 닦는 5번의 옷 소매 끝이 얼굴을 지나자 가려졌던 미소가 보였다. 우리는 곧장 문구점으로 향했다. 이때가 어느 때보다 4번과 5번 사이가 제일 끈끈하지 않았을까 싶다. 둘은 문구점에서 평소 먹고 싶었던 불량 식품을 고른 뒤 당당하게 1,000원을 냈다. 문구점 아저씨는 우리 손에 쥔 불량 식품을 아주 정확하게 계산하기 시작했다.

"어디 보자…. 고인돌 열 개 100원, 아폴로 두 개 200원, 쫄쫄이 2개 100원, 또…. 총 800원이네. 여기 거스름돈 200원."

당시 나눗셈을 갓 배우기 시작한 4번에게 문구점 아저씨의 연산 실력은 부러움의 대상이었다.

문구점 아저씨는 손가락에 침을 묻혀 검정 봉지를 하나 집더니 입구를 벌리며 말씀하셨다.

"그런데 너희 오늘 무슨 날이야? 왜 이렇게 돈이 많아?"
"엄마가 주셨어요."

4번은 뻔뻔하게 대답하고는 얼른 그곳을 빠져나와 막 출발하려는 버스에 올라탔다. 버스비로 남은 200원을 내고 빈 좌석에 나란히 앉아 과자를 먹기 시작했다. 갑자기 버스 안 아이들이 우리 주변에 몰려들며 한마디씩 했다.

"나 하나만 주면 안 돼?"
"나도."
"나도 하나만."

평소 우리에게 아는 척하지 않던 아이들이었고, 그들의 군것질을 구경만 하던 우리였다. 하지만 그날은 입장이 완전히 뒤바뀌어 우리는 신이 난 얼굴로 간식을 나눠 주었다. 그때였다. 아주 야무져 보이는 5학년 선배가 아폴로 껍질을 질겅질겅 씹으며 물었다.

"그런데 너희들 갑자기 돈이 어디서 났어?"

"엄마가 주셨어! 오늘 맛있는 거 사 먹으라고…."

"맞아! 우리 엄마는 가끔 이렇게 돈을 줘."

5번이 덧붙인 한마디에 의외로 그 선배는 순순히 모든 걸 믿는 눈치였고, 덕분에 우리도 아이들의 부러움을 온몸에 받았다.

"우와~ 좋겠다!"

"너희들 진짜 부럽다…."

정말 완전 범죄였다.

일주일 뒤, 급식을 먹고 수돗가에서 양치하는데 그때 5학년 선배가 4번을 찾아왔다.

"야! 너 1학년 선생님이 지금 좀 오라고 하셔."

5번의 알림장을 대신 쓰기 위해 부르셨다고 생각한 4번은 당당하게 교실 문을 열었다. 하지만 어머니가 와 계셨고, 5

번이 고개를 푹 숙이고 있었다. 뭔가 잘못되었음을 감지한 4번은 쭈뼛쭈뼛 선생님 앞으로 걸어갔다.

"너! 지난주 선생님이 어머니한테 갖다 드리라고 한 봉투, 그거 어떻게 했어?"

순간 눈앞이 노래진 4번은 아무 말 못 하고 가만히 서 있기만 했다. 그때 뒤에서 까랑까랑한 목소리가 들려왔다. 야무져 보이던 그 5학년 선배가 교실 창문으로 고개만 내민 채 말했다.

"선생님! 쟤네 그 돈 다 쓰고 없을걸요? 지난주 버스 타고 가면서 제가 다 봤어요. 자기 엄마가 가끔 뭐 사 먹으라고 용돈을 그렇게 많이 준다고 했어요."

선배 말이 끝나자 선생님은 옆에 계신 어머니의 존재를 완전히 잊은 듯 큰 소리로 말씀하셨다.

"너희들 나중에 커서 뭐가 되려고 그러니? 응? 이건 도둑질이야! 알아? 간도 크다. 어린 것들이 벌써부터 못된 것 배워가지고는…."

    4번은 혼나는 중간중간 선생님의 눈치와 어머니의 모습을 번갈아 살폈다. 선생님 눈썹은 계속 위를 향하는데 어머니 눈썹은 자꾸 아래로 향했다. 선생님이 우리를 향해 쏟아내는 말 한 마디 한 마디에 뾰족한 못이 달려 어머니 가슴에 꽝! 꽝! 꽝 박히는 것 같았다. 모처럼 학교 오신다고 차려입은 화려한 무늬의 옷도 점점 색이 바래지는 듯했다.

그때의 부끄러움은 모두 어머니 몫이었다.
늦었지만 이제는 우리의 몫으로 가져가려고 한다.
어머니, 그때 정말 죄송했습니다.
-철없던 4번과 5번-

운수 좋은 날

주말에 부모님이 계신 시골집에 내려갔다. 버스를 타고 가야 해서 부모님이 우리에게 각각 1,000원씩 버스비를 주셨다. 우리는 버스비만 남기고 떡볶이며 꽈배기며 잔뜩 사먹었다. 여느 때와 마찬가지로 버스를 타고 가는데, 읍 중간 쯤 와서 버스가 고장이 나고 말았다. 가뜩이나 험상궂은 버스 기사의 얼굴이 더 굳어졌다. 그는 사투리인데 욕처럼 들리는 언어를 구사하며 말했다.

"야~! 너거들 여기서 내리고, 다음 버스 오면 타고 가라! 알았제?"

우리는 고개만 끄덕이며 허겁지겁 버스에서 내렸다. 그래도 속으로는 험상궂은 기사가 '쟤네들 버스 고장 나서 못 갔으니까 다음 차에 태우고 가라!'라고 다른 기사에게 말이라도 해 주길 바랐다. 하지만 그는 욕 섞인 사투리만 잔뜩 내뱉으며 어디론가 사라져 버렸다.

"누나, 이제 우리 어떻게 해? 돈 있어?"
"아니."

"그럼 우리, 집에 못 가는 거 아니야?"

"일단 집에 전화해 보자."

낯선 정류장에 덩그러니 남겨진 우리는 가방을 뒤져서 나온 동전을 가지고 근처 공중전화로 향했다. 신호음이 계속 이어졌지만 응답하는 이는 없었다. 수화기를 내려놓으며 그대로 토해져 나오는 동전을 하나라도 놓칠까 봐 두 손으로 받아 냈다. 쏟아지는 동전 소리를 들을 때마다 절망감이 더해졌다. 초등학교 6학년, 4학년이었던 우리는 정류장 앞을 서성이며 제발 아는 사람이 한 명이라도 지나가길 간절히 바라고 있었다. 하지만 시간이 점차 지체되면서 기대감 또한 사치스럽게 느껴졌다. 애써 나쁜 생각을 떨쳐 버리려고 다시 공중전화로 향했다.

"한 번 더 전화해 보고 올게. 넌 여기서 기다려."

터덜터덜 땅만 쳐다보며 걷던 4번은 눈앞이 깜깜해져 눈물이 핑 돌았다. 아무 생각 없이 사 먹은 떡볶이와 꽈배기가 원망스럽기만 했다.

'사 먹지 말걸…. 돈을 조금 남겨 둘걸….'

다시 향한 공중전화는 여전히 길게 늘어지는 신호음과 동전만 무심하게 쏟아낼 뿐이었다. 저 멀리서 4번만 뚫어지게 바라보는 5번이 눈에 들어왔다. 차마 눈을 마주할 자신이 없었던 4번은 애써 외면한 채 땅만 보고 걸어갔다.

그때였다.

땅에 떨어진 1,000원짜리 한 장이 눈에 들어왔다. 잠시 눈을 의심한 4번은 눈물을 닦고 다시 확인해 보았다. 분명 누군가 분식집 앞에서 어묵을 사 먹다가 떨어뜨린 것 같았다. 고개를 들어 주변을 살폈다. 하필 반대쪽에서 분식집 아주머니로 보이는 사람이 비질하며 가까이 다가오고 있었다. 당장 돈을 줍고 싶었지만, 조금 신중해야 했다. 혹시라도 덥석 돈 줍는 걸 분식집 아주머니가 본다면, 자기 가게 앞에 떨어진 돈이니 당장 돌려 달라고 할지도 모르기 때문이었다. 4번은 먼저 태연하게 발로 1,000원을 밟았다. 그리고 고개를 들어 5번에게 손짓했다. 재빠르게 달려온 그에게 귓속말했다.

"지금 누나 발밑에 1,000원이 있어. 누나가 저쪽으로 가면서 발을 뗄 테니까 넌 잽싸게 주워서 정류장 안으로 들어가. 알았지?"

5번은 눈에 힘을 주며 고개를 끄덕였다. 4번은 자연스레 비질하는 아주머니의 시야를 가리며 발을 뗐고, 5번은 돈을 주워 정류장으로 뛰어 들어갔다. 5번이 들어가는 모습을 확인한 뒤, 4번도 그제야 한숨 돌리며 따라 들어갔다. 5번의 손에는 꼬깃꼬깃 접힌 1,000원이 꼭 쥐어져 있었다. 4번은 조심스럽게 접힌 돈을 펴서 버스표부터 끊었다. 그리고 우리는 양심상 분식집을 외면할 수 없어서 남은 돈으로 각자 어묵 하나씩 사 먹고 500원을 남긴 채 무사히 집으로 돌아왔다.

진짜 운수 좋은 날이었다.
운수 좋은 날은 운수 없이 그렇게 찾아오는 것 같다.
어쩌면 운수가 있든 혹은 운수가 없든,
삶에 관심을 기울이다 보면 운수가 생겨나는지도 모른다.

5번의 친구들

"안녕하십니까? 누님. 저는 5번의 친구 팔봉이입니다."
"어~ 그래. 근데 친구 맞아? 형님인 줄."

"안녕하십니까? 누나. 저는 5번의 친구 충재입니다."
"어, 그래…요? 말을 쉽게 놓을 수가 없네…요?"

5번의 친구들은 이름과 이미지가 하나같이 찰떡궁합이다. 마치 얼굴을 보고 이름을 지은 듯했다. 머리는 전자레인지 크기만 했으며, 운동도 좀 하고, 싸움도 좀 할 것 같은 인상이었다. 5번의 결혼식에 검정 정장을 입고 참석한 그들은 하객이라기보다 마치 식장에 사람을 찾으러 온 조직원 같았다. 그렇다고 해서 그들 몸에 타투가 새겨진 것도, 그들이 싸움하고 다니는 것도 아니었다. 물론 감히 그들에 시비를 거는 사람도 없었겠지만. 그들은 항상 싹싹하게 행동했고, 뭐든 잘 먹고, 누구든 잘 도와주는 의리남이었다. 특히 이사할 때마다 나타나 무거운 짐을 척척 옮겨 주었고, 꼼꼼하게 뒷정리까지 해 주었다. 한번은 키부츠 현대무용단의 석진환 무용수가 어린 시절 외삼촌 집에 놀러 왔다가 오락실에서 불량한 형들에게 돈을 뺏긴 적이 있었다. 그때 5번의 친구들이 나타나 뺏긴 돈을 찾아 주었다는 미담을 남기기도 했다.

　이런 5번의 친구들에게 여러모로 많은 도움을 받았다. 그들의 이름만 잠깐 빌렸을 뿐인데 위기를 벗어난 적도 있었다.

　4번의 남사친이 집에 놀러 왔을 때였다. 그런데 갑자기 부모님이 시골에서 올라오셨다. 누가 봐도 딱 오해하기 좋은 분위기였으며, 부모님 눈에는 우리보다 낯선 남자가 먼저 눈에 들어왔다. 그때 아버지의 눈빛은 누가 빨리 이 상황을 설명해 주기를 바라는 듯했다. 거실에서 1번, 2번과 함께 놀고 있던 남사친은 부모님을 마주한 순간 그 자리에 얼어붙고 말았다. 그때 주방에서 물을 가지고 나오던 4번이 기지를 발휘했다.

　"아버지, 얘는 5번 친구 팔봉이에요."

　4번의 말이 떨어지기 무섭게 그는 자리에서 벌떡 일어나 인사했다.

"안녕하십니까?"

그제야 아버지도 현관에 신발을 벗으면서 위아래로 훑어 보더니 대뜸 한마디하셨다.

"너는 공부는 좀 하니?"

순간 자신의 성적표를 들킨 사람처럼 그는 쑥스러운 듯 머리만 긁적였다. 곧바로 아버지가 한마디 더 응수하셨다.

"이놈아! 5번이랑 어울려 다니면서 나쁜 짓 하지 말고 공부나 열심히 해. 알겠어?"
"네, 알겠습니다."

그 분위기를 몰아 2번이 자리를 털고 일어나며 그에게 말했다.

"야~ 5번 친구 팔봉이! 너는 이제 집에 가 봐. 모레 이사할 때 내 짐도 좀 옮겨 주고 알겠지?"
"네, 저는 그만 가 보겠습니다. 모레 이사할 때 다시 뵙겠습니다."

"그래. 얼른 가. 모레도 좀 부탁한다. 고맙다!"

그는 재빠르게 부모님에게 90도로 인사하고, 현관으로 가 신발을 신고 유유히 사라졌다. 아버지는 그의 뒤통수에 대고 한 번 더 고맙다고 인사했고, 그제야 아버지를 뺀 모두는 서로의 눈을 마주 보며 안도의 숨을 내쉬었다.

직접적으로든 간접적으로든 5번의 친구들은
이 집안에 아주 고마운 존재들이다.
현재 5번의 친구들은 자신을 똑 닮은 딸을 낳고 잘 살고 있다.

Chapter 5

침해하는 나의 틈

문소리를 닮은 그녀

가족 모임 중 1번이 웃으며 말했다.

"우리 가게 손님들이 나더러 영화배우 문소리 닮았다네?"
"뭐? 문소리?"

우리 중 단 한 명도 1번의 말에 공감하는 이 없었다.
그런데 갑자기 4번의 남편이 말했다.

"아~ 알겠다. 문 소리. 그러니까 문 여는 소리, 문 여는 소리 닮았다는 말이죠?"

"그래, 그래! 닮았네! 문 소리. 그래, 1번은 문 소리 닮았네!"

그제야 모든 기족이 공감했다.
우리의 1번은 문 소리를 닮았다는 것을.

우리는 서로를 침해하며 살아가고 있다.

우리는 이런 어른이 될 수 있을까?

"난 부추전만 보면 할머니 생각이 나더라. 우리 어릴 적에 할머니가 밭에서 부추 뽑아서 이거 매일 해 줬잖아?"

"그랬지, 그랬지…. 할머니가 그랬지."

식당에 앉아 있는데 주문한 부추전이 나왔다. 모두 5번의 말에 수긍하면서 부추전의 끄트머리부터 뜯어 먹었다. 5번이 다시 말문을 열었다.

"난 할머니 생각하면 진짜 미안한 게 하나 있어. 내가 초등학교 5학년 때 할머니 돈을 한 번 훔쳤거든. 그런데 할머니가 나한테 묻는 거야, 돈 훔쳐 갔냐고. 그때 속으로 '아, 들켰구나!' 싶어서 할머니한테 솔직히 자백했지. 그러고는 너무 부끄럽고 민망해서 얼른 자리를 피했어."

우리는 할머니와 5번의 모습을 상상했다. 5번은 말을 이어 갔다.

"'할머니, 나 지금 대구 갈게' 그렇게 말하고는 얼른 집을 나왔어. 혼자서 아무 생각 없이 십 분쯤 걸었나? 작은 다리 하나를 지나려는데 뒤에서 할머니가 따라오면서 큰 소리로 부르는 거야. 내가 어릴 적부터 매일 쓰고 다니던 노란 털모자 알지? 그거 주면서 춥다고 쓰고 가라는 거야. 그러고는 손에 돈을 쥐여 주면서 다시 가져가라고. 그때 진짜 할머니한테 미안해서 죽을 뻔했어."

5번은 할머니를 침해했지만,
할머니는 끝까지 5번을 친애해 주셨다.

카페의 꿈을 접은 2번

20년 넘게 간호사로 일한 2번이 반백 살이 되면서 새로운 일을 해 보고 싶어 했다. 그때 마침 카페를 운영하던 2번의 친구가 가게를 넘겨받지 않겠냐고 제안해 왔다. 제법 장사가 잘되는 곳이었고, 친구 또한 2번과 같은 마음으로 다른 일을 해 보고 싶다고 했다. 근검절약이 몸에 밴 2번에게 신중함이 더해졌다. 한 번도 가 본 적 없는 길이었기에 좀 더 객관적인 의견이 필요했다. 여러 사람을 거쳐 4번에게도 질문이 도착했다.

"내가 카페를 한번 해 볼까 하는데, 어떻게 생각해?"

"카페? 안 돼, 언니는!"

"아니, 왜?"

"두 가지 이유가 있어. 첫째, 장사는 대접하기 좋아하는 사람이 해야 해. 언니는 대접받는 쪽이 더 어울리는 사람이야. 둘째, 언니는 친절하지 않아. 서비스직은 툭 쳐도 친절함이 묻어나야 해."

4번의 냉정한 대답에 한껏 기분이 상한 2번은 그 후 다시는 카페 얘기를 꺼내지 않았다. 한 달 가까이 흘러 4번이 넌지시 물었다.

"카페는 어떻게 하기로 했어?"

"안 하기로 했어."

4번은 자기가 한 말 때문에 그런가 싶어 미안한 감정이 앞섰다. 하지만 역시 2번은 남달랐다. 여기저기 수소문하다 못해 끝내 점쟁이에게 발길이 향했다. '네가 카페를 하면 정말 대박 날 거야!'라는 말을 들어도 시원찮을 판에 점쟁이는 이렇게 말했다.

"네 사주에는 사업 운이 없어. 이런 사람들은 스타벅스를 쥐여 줘도 망해."

물론 이해득실을 누구보다 꼼꼼히 따졌을 2번에게 여러 사정이 있었을 것이다.
하지만 점쟁이의 한마디 또한 치명적이었다.

가끔 4번은 침해하는 줄도 모르고 말할 때가 있다.
그래도 4번은 2번을 침해하지 말았어야 했다.

아버지의 목소리

5번은 끼가 아주 많았으며, 주변에서 개그맨 한번 해 보라는 권유도 여러 번 받았다. 그의 주특기는 바로 성대모사인데, 특히 아버지 목소리를 똑같이 흉내 낼 수 있었다. 평소 무섭고 엄한 아버지의 전화를 받는 건 그리 유쾌한 일이 아니었다. 더군다나 뭔가 잘못한 일이 있을 때 들려 오는 아버지의 목소리는 간담을 서늘하게 만들었다.

집에 먹을 것이 하나도 없던 어느 저녁, 맛있는 걸 사 오기로 한 1번의 귀가가 자꾸 늦어지자 5번의 장난기가 발동했다. 아버지의 목소리로 1번에게 전화했다.

"여보세요?"

"너 지금 어디야?"

"저, 저, 저 지금요?"

"그래! 밤이 늦었는데 어딜 그렇게 싸 돌아다니고 있어?"

"아! 저 지금 집 앞에 거의 다 도착해 가는데요?"

"집 앞 어디?"

"방금 버스에서 내렸는데요."

"오~ 그래? 누나 빨리 들어와!"

"야! 너 집에 가면 죽는다!"

1번은 5번을 보자마자 등짝을 크게 한 대 내려쳤다.
하지만 5번은 특유의 능글맞은 웃음으로 위기를 대처했다.

"우와~ 맛있는 거 많이 사 왔네?"

뒤끝 없는 성격, 뒤끝 있는 성격

"야! 욕실 슬리퍼 좀 똑바로 안 세워 놔?"

"아! 지금 해 놓을게."

"몇 번을 말해야 해? 이 정도는 기본 중의 기본 아니냐?"

"알았다고. 지금 똑바로 해 놨잖아!"

"네 슬리퍼는 다시 사 와. 같이 못 쓰겠다."

"저거는 생활비로 사고, 내 거는 내 돈으로 사라고?"

이렇게 또 한바탕 전쟁이 발발하고 휴전 상태에 들어갔
다. 1번은 거실에서 TV를 보며 낄낄거리고, 4번은 혼자 방에
서 씩씩거리며 다짐했다.

'다시는 1번과 말을 하지 않을 것이며, 1번의 어떠한 부탁도 들어주지 않을 거야!'

그러고는 잠시 후 방문을 열고 나와 거실에 있는 1번을 '없는 사람' 취급하면서 집 안을 돌아다녔다. 그런데 갑자기 홈쇼핑을 보던 1번이 말을 걸어 왔다.

"4번! 우리 돈 합쳐서 저거 사지 않을래?"

순간 귀를 의심한 그녀는 1번의 말을 무시한 채 방문을 꽝 닫아 버렸다. 4번의 강한 도발에도 전혀 아랑곳하지 않는 1번이 더 큰 목소리로 말했다.

"야! 일단 내 카드로 긁을 테니까 나중에 보고 마음에 들면 돈 내라."

1번은 정말 뒤끝 없는 성격의 소유자다. 어찌 보면 호탕해 보이고 좋아 보이지만, 4번과는 상극이다. 1번이 호주 유학을 다녀온 후 함께 살게 된 4번은 그때부터 서로 부딪히기 시작했다. 1번은 욕실 슬리퍼도 항상 바로 세워 놓아야만 하고, 자기가 쓴 수건은 자기 방에 걸어 놓아야 하며, 김치 꽁다리도 절대 버리면 안 된다. 4번 또한 먹고 남은 음식이 식탁 위에 그대로 있는 것을 절대 용납하지 않았으며, 자기 방이 있음에도 불구하고 거실에서 담요를 깔고 자는 1번을 전혀 이해할 수 없었다. 이렇게 저마다 자신만의 뚜렷한 기준이 있었고, 그 기준을 넘어서는 행동을 극도로 경계했다. 문제는 1번의 뒤끝은 짧고, 4번의 뒤끝은 길다는 것이다.

일주일 뒤, 1번이 주문한 물건이 왔다. 그때까지도 약간의 앙금이 남아 있던 4번은 거실 중간에서 물건을 뜯고 있는 1번을 애써 모르는 체하며 지나쳤다.

"4번, 이거 봐! 완전 좋아 보이지 않아?"

4번은 못 본 척, 못 들은 척하며 방으로 들어갔다. 하지만 그런 그녀에게 어떠한 감정도 남아 있지 않은 1번의 행동은 남달랐다. 마치 아무 일 없었다는 듯 방문을 벌컥 열고 종용하기 시작했다.

"빨리 나와서 보라니까?"

겉으로는 아닌 척했지만, 내심 어떤 물건인지 궁금했던 4번은 못 이기는 척 밖으로 나왔다. 물건을 보자 둘이 또 언제 터질지 모를 전쟁 따위는 완전히 잊어버리고 아주 사이좋게 똑같이 물건을 나누어 가졌다.

1번의 장점은 물건을 살 때 유감없이 발휘된다.

첫째, 언제나 취향 저격 상품을 주문한다.
둘째, 본인이 돈을 더 많이 낸다.
예를 들어, 12만 9,000원짜리 물건을 사면 5만 원만 받는다.

우리는 공부하는 2번이 자랑스러웠어

"M·O·R·N·I·N·G, M·O·R·N·I·N·G."

중학생이 된 2번이 갑자기 책상에 앉더니 영어 공부를 하기 시작했다.

자꾸 이 말만 혼자서 구시렁거렸다. 옆에서 있던 4번과 5번은 2번의 말을 그대로 흉내 내며 따라 했다. 그리고 몇 분 후, 2번의 담임 선생님이 가정 방문을 오셨다. 어떻게 해서든 선생님에게 말을 걸어 보고 싶었던 4번과 5번은 선생님에게 이렇게 말했다.

"안녕하세요. 2번은 지금 공부 중이에요. 자꾸 'M·O·R· N·I·N·G'이라고 말해요."

"어~ 그래."

선생님은 공부를 열심히 하고 있다는 2번의 소식에 기특해하시며 미소 지으셨다. 그의 미소는 가정 방문을 마칠 때까지 이어졌다. 4번과 5번도 내심 선생님에게 말 건네기를 잘했다고 생각하고 있었다.

나중에야 알았다.
2번은 선생님이 가정 방문 오실 거라는 걸 미리 알았고,
그래서 부랴부랴 공부하는 척을 했다.
하지만 4번과 5번이 이걸 외웠을 거라고 전혀 생각하지 못했고,
더구나 선생님에게 아는 척을 할 거라고는
더더더 예상하지 못했다.
무엇보다 선생님이 다녀간 날은 2학기였는데,
2번이 주야장천 반복하던 Morning,
즉 M·O·R·N·I·N·G은 1학기 때 배운 단어였다.

이불 속 30년

5번은 2번의 빈틈 없는 성격을, 2번은 5번의 빈틈 있는 성격을 마음에 들어 하지 않았다. 하지만 결정적으로 5번이 2번을 싫어하게 된 계기가 있었다.

열한 살이었던 5번은 막내라서 어머니와 떨어져 지내는 것을 굉장히 힘들어했다. 어머니는 주말마다 우리가 있는 자취방으로 올라오셨는데, 오실 때마다 만두도 구워 주고, 양념치킨도 사 주셨다. 그리고 일주일 동안 먹을 밑반찬도 넉넉히 해 놓고 가셨다. 그 반찬은 주로 1번과 2번의 주도하에 빨리 상하는 순서대로 먹었다. 어쨌든 5번은 어머니가 가신 월요일이 되면 우울해했고, 토요일이 오기를 손꼽아 기다렸다.

어느 비 오는 화요일이었다. 책상에 앉아 있던 2번이 뜬금없는 말을 했다.

"오늘 엄마 오신대."
"엄마가? 왜? 오늘은 화요일인데?"
"몰라. 그냥 오신다는데? 방금 버스 타셨대."
"오~ 진짜? 그럼 좀 있으면 도착하겠네. 이따 정류장에 엄마 마중 나가야지."

엄마가 온다는 말에 5번이 가장 먼저 반응했고, 기쁨에 벅차오른 그는 정류장으로 쏜살같이 달려갔다. 어머니가 탔을 것으로 추정되는 버스가 도착했지만, 어머니는 보이지 않았다. 혹시나 하는 마음에 다음 버스가 올 때까지 한 번 더 기다려 보기로 했다. 그러나 배차 간격이 2시간이나 되는 버스를 또 기다려도 어머니는 오지 않았다. 큰 실망감과 분노를 동시에 안고 돌아온 그가 씩씩거리며 2번에게 쏘아붙였다.

"왜 엄마 안 와? 온다고 했다며?"

2번은 피식 웃더니 잡고 있던 연필을 돌리면서 말했다.

"뻥이지롱~~~~~~~~~!"

그날 5번은 힘없이 이불을 뒤집어쓴 채 펑펑 울기만 했다.

며칠 전, 2번은 30년 만에 이불 밖으로 나온
이 이야기를 듣게 되었다.
그리고 5번에게 전화해 정식으로 사과했다.

후폭풍을 맞은 1번과 2번

"너희끼리 사는 데 뭔 전화 요금이 이렇게 많이 나와?"
"잘 모르겠지만, 요즘 4번이 전화를 많이 하는 것 같아요."

두 달 연속 전화 요금이 10만 원 넘게 나왔다. 화가 난 아
버지의 물음에 1번은 4번을 의심했고, 그 말을 전해 들은 4
번은 억울하다며 1번에게 고집을 피웠다. 참다못한 1번은
다음 날 전화국으로 달려가 지난달 통화 내역을 뽑아 왔다.
뽑는 도중 전화국 프린터 잉크가 떨어져 뽑지 못한 부분은
달력 뒷장을 찢어 손으로 빼곡히 써 왔다. 가져온 내역에서
4번은 가장 많이, 그리고 길게 통화한 전화번호 두 개를 찾

아냈다. 하지만 가족 중 누구도 그 번호를 아는 사람이 없었으며 여전히 모든 의심의 눈초리가 4번을 향하고 있었다. 결국 4번은 그 번호로 전화해 보기로 했다. 몇 번의 신호음이 울리더니 남자 목소리가 들렸다.

"안녕하세요. 초면에 실례지만 우리 집에서 이 번호로 통화한 내역이 있어서요."

"네?"

"그러니까 우리 집에서 이 번호로 전화해 전화 요금이 많이 나왔거든요."

"아, 네."

"그래서 말인데 지금부터 호명하는 이름 중 아는 이름이 있으면 말씀해 주시겠어요? 우리 집이 오 남매라서요."

"아하, 네."

"이시영, 이무영, 이적, 이기영, 이솔."

"아! 잠시만요. 한 번만 더 말씀해 주시겠어요?"

"이시영, 이무영, 이적, 이기…."

"아! 이시영 씨 알아요!"

"이시영을 안다고요?"

모두 지켜보는 가운데 1번과 눈이 마주치자 바로 전화기를 달라는 제스처를 보였다. 전화기를 건네받은 1번은 세상 다정한 말투로 전화비 폭탄으로 생긴 일을 상대방에게 조목조목 설명했다. 결국 범인은 1번이었으며, 소개팅으로 만난 그와 전화 통화만 몇 번 했을 뿐 만남으로 이어지지는 못했다고 변명했다. 하지만 1번은 남아 있는 또 하나의 번호는 절대 자신일 리 없다며 다시 4번을 닦달했다. 다음 전화 또한 몇 차례 신호음이 울리더니 이전 남자와는 사뭇 다른 분위기의 목소리가 들렸다. 그는 아주 유쾌한 일을 만났다는 듯 전화 통화에 응해 주었다.

　　"제가 지금부터 호명하는 이름 중 아는 사람 있으면 꼭 말씀해 주세요."

　　"이시영, 이무영, 이적, 이기영, 이솔."

　　"아! 저는 이솔 씨를 알아요."

　　"네? 이솔 씨를 안다고요?"

　　"음, 그러니까⋯. 이솔 씨가 여자인 거죠?"

　　"아니요. 이솔은 중학교 다니는 남동생인데요?"

　　"아, 그래요? 그러면 그쪽 이름은 어떻게 되세요?"

'뭐 이런 싱거운 남자를 봤나.'

이 남자는 4번이 '이솔'일지 모른다고 지레짐작했고, 4번에게 작업을 걸고자 던져 본 말이었다. 더 이상 통화할 가치를 상실한 4번이 전화기를 내려놓으려던 찰나 수화기 저편에서 다급한 목소리가 들렸다.

"아, 생각났다! 저 진짜 생각났어요. 이무영! 저 이무영 알아요."
"이무영을 안다고요?"

전혀 예상 밖의 일이라 모두 당황하는 눈치였는데, 2번이 재빠르게 전화기를 뺏었다.

지난달 2번의 친구들이 집에 놀러 온 적이 있었다.
친구 중 한 명이 아는 오빠에게 심심풀이로 전화를 걸자고 했다.
그때 아는 오빠가 바로 이 남자였다.

5번의 그림자

자취 생활을 하면서 우리는 열 번 가까이 이사를 했다. 형편에 따라, 또는 각자의 방이 필요할 만큼 성장할 때마다 집 평수를 조금씩 넓혀 가야 했다. 그 많은 자취 집 중 다섯 번째 집에서 4번은 처음으로 자기 방을 갖게 되었다. 그 집은 구조가 특이했는데, 주방 옆에 문간방이 하나 있었다. 거기가 4번의 방이었다. 상황이 이렇다 보니 5번은 한밤중에 냉장고에서 물을 꺼내 마시다 4번의 방문을 열어 뜬금없는 소릴 하곤 했다.

"4번! 4번!"

"왜…?"

"자?"

"….."

"아~ 자는구나."

그날 밤에도 그랬다. 5번이 부르는 소리는 듣지 못했지만, 한밤중에 방문이 열리는 소리에 잠이 깼다. 혼자 생각했다.

'아, 또 5번이네….'

눈앞의 상황이 귀찮았던 4번은 다시 잠을 청하려 했지만, 5번이 문도 제대로 닫지 않고 가는 바람에 바깥 찬 공기가 솔솔 들어왔다. 손가락 하나 움직이기 싫었던 그녀는 그대로 몇 분을 더 지체했다. 하지만 겨울바람은 무시할 재간이 못 된다는 걸 깨달은 순간 침대에서 벌떡 일어나 문 쪽으로 향했다. 그러나 웬일인지 5번이 가지 않고 문 앞에 그대로 서 있었다.

"너 여기서 뭐 해?"

화가 난 4번은 손을 뻗어 불을 켜려는 찰나 뭔가 다름을 감지했다. 지금 문 앞에 서 있는 그는 5번보다 덩치가 조금 더 컸다. 이미 뻗은 손은 전등 스위치를 눌렀고 사방이 환해졌다. 그때 갑자기 그가 뒤로 돌더니 순식간에 후다닥 밖으로 뛰쳐나갔다. 4번은 그대로 얼어붙고 말았다. 분명 소리치고 있었지만, 목소리가 입 밖으로 나오지 않고 입만 뻥긋뻥긋할 뿐이었다.

"엄마, 엄마, 엄…마, 엄마!!!!"

몇 번의 시도 끝에 크게 터져 나온 비명에 주무시던 어머니와 PC통신 채팅에 빠져 있던 3번이 뛰쳐나왔다. 현관문과 대문이 활짝 열려 있고, 거실과 주방에는 큰 발자국이 선명하게 찍혀 있었다. 좀도둑이 흔하던 그 시절, 도둑보다 경찰이 더 무서워 신고할 엄두를 내지 못했다. 다친 사람도 없고 훔쳐 간 물건도 없는 자질구레한 일을 신고하자는 얘기도 없었을뿐더러, 경찰이 출동하는 일은 진짜 끔찍한 강도나 살인 사건이라고 생각했기 때문이다. 물론 오랫동안 시골 생활을 했던 우리가 문단속을 제대로 하지 않은 것도 크게 한몫했다. 그날 이후 우리는 문단속을 철저히 하며 그렇게 지냈다.

며칠 후 초인종이 울렸다.

"누구세요?"
"신문값이요."

여느 때와 같이 4번은 신문 배달부를 현관 앞에 세워 두고 주방을 지나 자신의 방에 있는 책상 서랍에서 신문값을 꺼내 주었다. 신문값을 받은 그가 꾸벅 절하고 뒤로 돌아서는 순간, 4번은 그 자리에 완전히 얼어붙고 말았다. 바로 그였다. 그날 4번의 방문 앞에 서 있던 그 그림자. 그가 바로 그날의 도둑이었다.

3번의 친구들에게 증거도 없이
심증만으로 잡힌 그는 이렇게 자백했다.
신문값을 받을 때마다 4번의 책상 서랍에서 돈이 나오는 것을
보았고, 그 안에 돈이 있다고 생각해 훔치러 왔다고.
하지만 4번이 일어나 말을 걸어 오는 바람에
모든 계획이 수포로 돌아갔다고.

"너 여기서 뭐 해?"

지나쳐버린 틈

　1번과 2번은 연년생이다. 둘이 싸울 때 보면 연년생이라는 것을 확실히 알 수 있는데, 저렇게 선을 넘다가는 영원히 절교하겠다 싶을 정도다. 우리는 매번 싸울 때마다 집안에서 자기편을 찾는다. 한 명이라도 더 자기편이 있어야 자기합리화가 되기 때문이다.

　1번과 2번이 싸우면 4번이 제일 먼저 알게 되고, 1번과 4번이 싸우면 2번이 가장 먼저 알게 된다. 자매는 늘 이런 식이며, 지금까지도 토닥거린다. 하지만 그에 비해 3번과 5번은 어릴 때 이후 싸운 적이 거의 없다. 형제들은 싸운다기보다는 일방적이다. 5번이 까불거리면 3번이 힘으로 제압해 버린다. 그것도 말이 아닌 행동으로 아주 거칠게, 다시는 선을 넘지 못하도록 눌러 버린다.

최근 2번과 4번이 토닥거린 적이 있다. 4번은 집안에서 가장 편한 상대 중 하나다. 『오이 부부, 그냥 좋다』에서 말했듯이, 4번의 남편은 아들 같은 사위가 되었다. 이렇게 생각한 것부터가 큰 잘못이라는 걸 4번은 최근에야 알게 되었다.

그날 싸움의 발단은 이랬다. 4번이 자기 부부를 너무 편하게 대하는 어머니의 태도가 마음에 들지 않아 2번에게 그 고충을 털어놓았다. 그러나 2번은 4번의 고충에 공감하기보다는 점점 노화하는 부모님을 향한 안타까운 마음만 전했다. 그러면서 대화 방향이 이상하게 흘러갔다.

"자꾸 그러지 말고, 부모님 살아 계실 때 잘해. 나중에 후회하지 말고."

교과서에 실릴 정도로 맞는 말이다. 하지만 그때 수많은 조각 중에서 4번이 찾고 있던 모양은 그게 아니었다. 퍼즐의

맨 마지막을 알려 주기보다는 지금 당장 채워야 할 퍼즐 조 각에 대해 2번이 알려 주기를 바랐다.

"왜 나만 잘해야 해? 언니도 잘해!"
"너 오늘 선 넘는다?"
"선은 언니가 먼저 넘었지!"

그날 이후 4번은 몇 주 동안 2번에게 연락하지 않았다. 그 리고 얼마 후 가족 모임이 있었다. 처음에는 서로 어색하게 마주하고 있다가 조심스레 말을 섞었다.

"언니, 이거 먹을 거야?"
"응. 조금만 덜어 줘."
"콜라 줄까?"
"그래."

어쩌면 이곳이 나를 가장 먼저 발견하는 틈인 것 같다.
하지만 우리는 자기 자신의 틈은 보지 못한 채,
누군가가 틈을 발견하고 이해해 주기만을 바라는 것은 아닐까?

우리 가족의 모습을 그저 옮겨 놓았다. 미리 말해 두지만, 어머니가 다니던 점집을 알려 달라는 문의는 삼가길 바란다. 어머니는 현재 4번을 따라 교회에 다니신다. 차라리 기도 부탁을 하는 게 나을 것이다.

가족이라는 존재는 중간이라는 게 없었던 것 같다. 늘 극과 극을 유지하며 서로를 더 철들게 하거나, 때로는 사소한 상처를 주고받으며 더 철없게 만들었다. 혼자 차갑게 돌아섰던 그곳에 틈이 생기고, 결국 다시 그 틈으로 돌아와 함께 머물게 했다.

몇 년 전 남편과 엉뚱한 상상을 한 적 있다.

'당장 전쟁이 난다면 어디로 갈 것인가?'

우리는 무조건 집에서 만나자고 했다. 제일 먼저 통신망이 끊어질지 모르니 서로 헤매지 말고 무조건 집으로 오자고 했다.

'그대들의 발걸음은 가장 먼저 어디로 향할 것인가?'

그때가 되면 오 남매가 한자리에 모일 것 같지는 않다. 그건 서로 친애하지 않아서가 아니라 서로 침해하지 않기 위해서다. 우리는 각자 돌아갈 또 다른 틈이 있다. 지킴을 받았던 곳을 떠나 지금은 지켜야 할 곳에 머물러야 한다. 오 남매는 서로 각자가 지키고 있는 틈을 바라볼 뿐이다.

"별일 없지?"

모처럼 가족 모임이 있었다. 우리는 서로 안부를 물었다. 단순한 안부일 수도 있지만, 이기적인 마음도 조금 섞여 있다. 무소식이 희소식이며, 또 나 혼자 먹고살기에도 빡빡한 세상에 가족으로 인한 불필요한 걱정거리가 생기지 않기를 바라는 마음도 있다. 가지 많은 나무에 바람 잘 날 없다고 했던가? 이렇게 천국과 지옥의 애매한 선을 유지하며 우리는 살아가고 있다. 승진과 합격 같은 천국의 소리를 접하기도 하지만, 가끔은 심장이 '쿵' 하고 지옥으로 나가떨어지는 소리도 듣는다. 타인이 아닌 우리 중 누군가가 아프거나, 엄청난 경제적 타격을 입거나, 차마 남들에게 말할 수 없는 일까지 생기곤 한다. 소소했던 일상마저 가소롭다는 듯 주저

앉히는 그런 상황 앞에서 우리는 또다시 흩어져 있던 조각 조각을 끌어모아 함께 맞춘다.

지금 당장 서로 친애하지 않더라도, 앞으로도 계속 침해하며 살아간다 할지라도 우리는 이런 틈을 통해 멀리 보고 길게 가려 한다. 고여 있든, 흘러넘치든, 틈이 생기든, 또는 메워지든 반복되는 모양을 그냥 그대로 내버려 둔 채 존중하려고 한다.

마지막으로 겹겹이 쌓인 나의 친애하는 틈에게 남긴다.

"1번, 참 고생 많았어."
"2번, 언제나 든든했어."
"3번, 항상 고마웠어."
"5번, 많이 미안했어."

불친절했던 4번인 나를 돌아본다. 나는 멀리서 봐야 참 괜찮은 사람이다.
하지만 독자들이 이 책만큼은 가까이 두었으면 한다.

왜 어머니는 항상 어른답게 우리를 이해해야만 하는 걸까?

왜 아버지는 든든히 서 계셔야만 하는 걸까?

언니와 동생들은 왜 저렇게 행동할까?

나의 틈 안에서만 맴돌던 당연한 질문에 대해 한 번쯤 궁금함을 느끼길 바란다. 그리고 그대들의 틈으로 다시 돌아가길 바란다.

매일 아침 세수도 하지 않고 카페에 나와 글을 썼다. 살림도 해야 하고, 학원에 출근도 해야 하며, 개인 레슨도 해야 했다. 글 쓰는 일은 힘든 일이라고 분에 넘치는 고충을 털어놓기도 했다. 돌아보면 모두 핑계다. 이러이러한 일을 병행하느라 글을 이렇게밖에 못 썼다는 합리적인 변명처럼 느껴진다. 그럼에도 틈을 내어 기록해 보았다.

선명하지 않지만 이것마저 좋은 기억으로 남아 있어 좋았고, 평소에는 오글거려 표현하기 어려웠지만 기록으로 디자인할 수 있어 좋았고, 큰 재능은 없지만 이런 기회가 있어서 좋았다.

2022년 가을,
날씨가 좋고, 나쁨은 없었다.
그저 글쓰기에 좋은 날씨만 존재했다.
그대들의 틈을 친애하고, 침해하는 4번 이기영

Thanks

친애하는

담다 대표 윤슬 작가님
힘찬 응원으로 이번에도 〈담다〉에 담아주셔서
감사 또 감사합니다.

센스쟁이 구름님
함께 해 준 것만으로도 감사한데
재능기부까지 해 주셔서 감사합니다.

디자이너 요나님
고생 많았고 뚝딱뚝딱 잘 만들어주셔서 감사합니다.

아우어가비 경회 사장님
침향차로 쉼과 위로가 되어주셔서 감사합니다.

월성 바리스타 B 사장님들
편하게 글을 쓸 수 있는 장소를 제공해주셔서 감사합니다.

브런치 구독자님들
초고를 함께 해 주셔서 감사합니다.

그 외 구독자님들
"책 언제 나와요?"라고 물어봐 주셔서 감사합니다.

남편 오세훈님
글쓰기가 힘들다고 투덜거리면 그만하라고 하면서
일이 힘들다고 투덜거리면 그저 침묵으로 넘겼던 당신
그래도 사랑합니다.

끝으로
여기까지 인도해주시고
앞으로도 인도해주실
나의 친애하는 하나님께 이 책을 바칩니다.